Anthologie de la sodomie

122, rue du Chemin-Vert – 75011 Paris.
www.lamusardine.com
ISBN : 978-2-84271-365-2

Bernard Guérin

Anthologie de la sodomie

La Musardine

PRÉSENTATION

La production dite « érotique » constitue, de nos jours, un très vaste secteur de la littérature.

La libération des mœurs, à laquelle on assiste depuis quatre décennies, y est assurément pour beaucoup. Les livres diffusés jadis sous le manteau circulent aujourd'hui au grand jour et d'autres paraissent quotidiennement qui, sous le chapitre de l'érotisme, ne le cèdent en rien à leurs aînés. Nulle censure – ou presque – ne s'exerce plus sur ce type d'écrits, qui exploitent librement toute la panoplie des jeux amoureux.

En outre, la frontière entre livres « érotiques » et livres « normaux » est aujourd'hui bien ténue. Si l'érotisme consiste en la description des gestes de l'amour, force est de constater qu'on en trouve désormais un peu partout, même chez nos plus « sérieux » auteurs. La métaphore d'antan, qu'imposait une vigilante censure, n'a plus cours. Et le compilateur en la matière se trouve dorénavant devant une abondance de matériaux qui décourage toute tentative de recensement exhaustif, tant il est vrai qu'il est aujourd'hui fort peu de romans où l'on ne puisse pêcher, par-ci par-là, quelque scène d'amour qui ne s'embarrasse point de circonlocutions prudentes ou hypocrites.

Certes, la littérature « érotique » subsiste et se porte même très bien, mais les frontières allant s'atténuant, elle se trouve en quelque sorte condamnée à la surenchère, à l'excès, par la

faute de cette toute nouvelle liberté de ton de la littérature « ordinaire ».

Mais, après tout, cette classification (littérature érotique ou non) a-t-elle vraiment un sens ? Il faudrait bien entendu définir ce qu'est l'érotisme, savoir où il commence, en tracer les limites, en dresser le glossaire… Notions bien subjectives, et qui varient au fil des siècles, au fil des idées, au fil des morales, au fil des livres… Car le texte gentiment libertin, dans la tradition des auteurs galants du XVIIIe siècle, a bien peu de choses en commun avec l'ouvrage « pornographique » qui se vend de nos jours dans n'importe quelle librairie. (Et la pornographie, qu'est-ce que c'est ? N'est-ce pas, tout bêtement, de l'érotisme mal écrit ?)

Bref, pudique ou libertine, sentimentale ou érotique, toute œuvre littéraire, en définitive, avec ou sans « scènes d'amour », n'a d'intérêt et ne survit que grâce à ses qualités purement littéraires. Une « série X » déplorablement écrit, fasse-t-il montre d'une louable imagination, ne franchira certes pas les siècles. Tandis que les œuvres licencieuses des grands auteurs, libertines ou « obscènes » (de Sade à Serguine, en passant par Musset, Mirabeau, Louÿs, Apollinaire, Aragon, Bataille, Marcel Aymé, Carco, Léautaud, Colette, et tant d'autres) sont assurées de l'immortalité.

Cela dit, qu'en est-il précisément de la sodomie dans la littérature, spécialisée ou non, puisque tel est notre propos ?

On constate tout d'abord qu'elle est quasiment l'apanage de la production spécifiquement érotique. Encore souvent considérée, sinon comme une déviation, du moins comme un geste « hard » et bien peu romantique, la sodomie est généralement absente du roman ordinaire. Ou, lorsqu'on l'y rencontre, c'est sous son aspect le plus violent, où elle concrétise alors le « dernier outrage ». Ainsi, par exemple, de la scène du viol au tout début des *Noces barbares* de Yann Queffélec :

la sodomie qu'y subit la jeune fille représente alors l'ultime brutalité du long viol que lui infligent les trois militaires. Pour le reste, la sodomie ne fait pas encore partie des « rapports amoureux normaux » dont un auteur respectable puisse émailler sa bluette.

Reste donc la littérature « érotique », qui, elle, accorde une place de choix à la sodomie. Car cette caresse, vieille comme le monde et comme l'amour, y est souvent considérée comme le point d'orgue, l'apogée de la relation amoureuse, le sommet de la plus grande confiance, de la plus grande intimité entre deux partenaires.

Longtemps condamnée par les autorités religieuses comme une déviation criminelle héritée du paganisme (ne l'appela-t-on pas « amour grec » ?), la sodomie, considérée comme une fraude à la procréation, un acte « contre nature », fut également férocement combattue par les médecins et les législateurs.

Débarrassée aujourd'hui de son parfum de soufre, ayant abdiqué son statut de péché mortel, la sodomie échappe désormais à la transgression des lois morales. Au même titre que l'onanisme, que la fellation, que le saphisme, que l'anulingus et autres fioritures, la sodomie n'est plus une « pratique infâme », et ses zélateurs des pervers criminels à clouer au pilori. Elle s'est gentiment banalisée et fait maintenant partie des questionnaires de nos Proust audiovisuels.

Ainsi, il n'est nul roman érotique, de nos jours, qui ne fasse la part belle à tous ces jeux amoureux qui font les délices des amants imaginatifs et voluptueux. La sodomie y est une pratique sexuelle comme les autres. Certains auteurs, comme Genet, Pierre Louÿs ou Peyrefitte, s'en sont même faits les thuriféraires parfois exclusifs. Viol ou caresse amoureuse, les « écrivains qui parlent d'amour » rivalisent désormais d'ardeur à décrire des relations sodomites, avec plus ou moins de bonheur… et de compétence !

C'est redire à quel point la tâche du compilateur est ardue. Prétendre à l'exhaustivité en la matière serait une

impossible gageure. Cette petite anthologie n'est et ne pourra être qu'un recueil de morceaux choisis, un simple reflet de l'importance que tient la sodomie dans la production spécialisée, et les mille et une façons d'en parler et d'en décrire les gestes.

Elle n'a pour ambition que de présenter un choix de textes de nos meilleurs auteurs, tant il est vrai que la qualité d'écriture est l'une des meilleures parts de notre plaisir de lecteur.

B. G.

ANONYME

MADEMOISELLE M…

1960

Ce roman clandestin est paru primitivement sans nom d'auteur en 1960. On le trouve ensuite chez Dominique Leroy en 1971 sous le titre La Fête de l'hévéa. *Finalement, c'est sous son titre originel qu'il est réédité en 2002 à La Musardine. L'*Anthologie des lectures érotiques *de Pauvert le présente comme* « une sorte de petit classique apprécié des amateurs ». *Et il est vrai, en dépit de certaines inégalités d'écriture, que cette histoire érotico-exotique nous fait assister à des scènes tout à fait plaisantes et fort originales.*

Après le supplice de l'élastique (claqué sur les fesses, la motte, les seins…), Isabelle a offert ses fesses à une dizaine de godemichés de divers calibres. Mais la jeune fille (qui préserve obstinément sa virginité « côté face ») n'en est pas quitte pour autant…

Ils la laissèrent reprendre ses esprits, anéantie, bouche haletante, puis Taï la releva, l'entraîna trébuchante vers le bouddha ; elle lui fit tourner le dos à la statue, doucement éclairée d'émeraude.

— Maintenant, petite déesse blanche, rendez hommage au dieu de l'Hévéa, qui a permis que vos douces plaintes charment nos oreilles ; il vous tend les bras et aussi sa virilité… Posez votre petite bouche sur elle et que son ventre soit doux à vos fesses d'ivoire !

Isabelle gémit de lassitude ; elle s'accrocha avec les mains aux poignets du dieu, après avoir roulé sa jupe par-derrière jusqu'à la ceinture. Taï était partie, la laissant seule.

Une douce mélopée rythmée s'éleva, sous les doigts de la congaïe au torse nu, tandis que, des cassolettes, s'élevait l'odorante fumée des parfums aphrodisiaques.

Isabelle posa ses fesses sur la virilité de verre tiède et glissant qui sépara les deux globes charnus… La rosette frôla le gland dur et gros qui pointa à l'entrée de l'étroit pertuis gluant. Avec un doux ronron, les yeux clos, Isabelle s'appesantit sur le phallus qui résista, distendit les chairs assouplies par l'énorme pénétration précédente… L'œillet s'écarta tout, livrant son mystère à la virilité lumineuse… La verge s'enfonça lentement sous le poids de la jeune fille… et disparut en entier dans le ventre palpitant. Un gémissement, presque un sanglot, marqua, avec l'affalement du corps sur le ventre poli de la statue, la totale intromission du phallus dans les entrailles de la vierge.

Isabelle, les yeux un peu hébétés, regarda dans l'ombre de la pièce ; elle ne vit que des formes noires agenouillées sur les épais coussins de soie ; les visages et les mains jetaient des taches plus claires.

Alors, lentement d'abord, puis par gestes saccadés, Isabelle, se soulevant et se laissant retomber, accomplit l'acte rituel attendu de tous. La statue impassible ne sodomisait pas la jeune fille… c'était elle qui, cherchant la jouissance sur le phallus rigide, s'enculait. Ses seins lourds oscillaient sous le corsage et les pointes dardaient à travers la résille, les mains crispées aux poignets de verre. Isabelle haletait doucement… ses genoux tremblaient, elle était lasse. Elle s'affala sur le ventre du bouddha, n'en pouvant plus, épuisée, cherchant le visage de Taï. Celle-ci était près

d'elle et, comme l'autre fois, elle la prit sous les bras et l'aida à accomplir le geste rituel. Les fesses claquaient sur le verre avec un bruit mou… Puis ce fut la volupté qui monta en elle… La tête sur la poitrine de Taï, elle se laissa bercer et bientôt, dans un doux gémissement, elle laissa le spasme la posséder toute, une fois de plus, et s'écroula, empalée par les fesses sur la statue…

Quand Taï la releva, les Annamites avaient disparu. Silencieusement, impassibles, sans un mot, Taï et Chang la raccompagnèrent avec Philippe dans le jardin fleuri.

Là seulement, Taï étreignit convulsivement Isabelle, bouche à bouche… Et Philippe pensif, et Isabelle lassée s'enfoncèrent dans la nuit.

Après un court trajet dans la forêt déserte, Isabelle gagna sa chambre où, épuisée, elle sombra dans un lourd sommeil, rêvant à de futures aventures.

ANONYME

MA VIE SECRÈTE

Vers 1888-1892

Paru anonymement à la fin du XIXe siècle, ce monumental ouvrage (5 volumes chez Stock !) est attribué par les critiques à Sir Henry Spencer Ashbee (1834-1900), grand voyageur, grand érudit, grand collectionneur d'ouvrages érotiques et écrivain de talent. Ainsi doit-on à cet érotomane averti un Index des livres interdits, *bibliographie d'ouvrages érotiques qu'il fit éditer à ses frais en 1878, ainsi qu'une* Bibliographie raisonnée des principaux ouvrages sur la flagellation.

My Secret Life *constitue une étonnante, une fascinante autobiographie érotique. L'auteur y conte par le menu, depuis sa prime jeunesse, ses multiples aventures, ses conquêtes, ses exploits. Ce jouisseur, dans la préface de son journal, se targue d'avoir possédé plus de douze cents femmes. Tableau de chasse fort honorable mais qui, il faut bien le dire, n'a cependant rien d'exceptionnel pour un gentleman riche et oisif qui a voué sa fortune et la majeure partie de sa vie à la quête du plaisir.*

L'intérêt de ces mémoires ne tient certes pas dans cette seule accumulation. C'est, plus que cela, une peinture de l'Angleterre victorienne, des milieux sociaux de cette époque, de l'exploitation des filles pauvres et affamées par ces riches bourgeois amateurs de chair fraîche dont Walter fait partie.

Walter est avant tout un amateur et consommateur forcené du sexe de la femme. Il compare, décrit inlassablement et méticuleusement les multiples « vulves » des multiples femmes et fillettes qu'il conquiert ou – le plus souvent – achète. La sodomie ne lui agrée pas, ni avec les femmes ni avec les hommes. Il l'expérimente sans grand enthousiasme – histoire probablement de ne pas mourir idiot – puis ne la pratique ensuite qu'au compte-gouttes, si j'ose dire. Dans ce domaine, et celui-là seul, s'exprimera toujours chez Walter un indéniable puritanisme, ou tout au moins conservatisme. Homosexualité et sodomie (« l'orifice démoniaque ») ont pour ce libertin un parfum de péché. S'y livrer – avec une honte jamais abolie – transgresse un interdit, constitue quasiment un délit.

Son initiation à la sodomie est néanmoins un morceau de bravoure. C'est avec une femme coutumière de ce « mode d'intromission » qu'il la vit. Il est un élève appliqué face à une institutrice expérimentée. Trop expérimentée et trop frayée en cette voie, sans doute… Raison pour laquelle, peut-être, le garçon concevra de cette expérience un irrémissible dégoût.

Lorsque je me fus rhabillé, elle exhiba un album de dessins obscènes ; à cette époque, je n'avais pas encore eu l'occasion d'en voir bien souvent. Je lui rendis une seconde visite dans l'espoir d'examiner les gravures tout à loisir. Elle riait tout en tournant les pages ; elle s'arrêta plus longuement sur certains dessins représentant des hommes en train de sodomiser des femmes ou de beaux éphèbes. Je n'avais encore jamais eu l'occasion de voir de telles images et mes rêveries les plus folles ne m'avaient jamais fait envisager la possibilité d'un tel acte, ce qui m'incita à reporter mon attention sur des représentations plus familières. Mais, tandis que nous compulsions l'album, la fille revenait constamment sur ce mode d'intromission et, bientôt, la curiosité l'emporta sur ma honte. Sans y croire, je lui demandai si un tel accouplement était réellement possible.

— Grand Dieu, oui !
— Ce n'est pas douloureux ?
— Non, si c'est bien fait, assura-t-elle.

Elle affirma que certains hommes trouvaient cette pratique divine ; elle apportait beaucoup de chaleur à ses assertions et, semblait-il, en connaissance de cause. Elle m'expliqua qu'en premier lieu, il convenait d'enduire de gras l'anneau récepteur, puis la verge, et d'introduire le gland avec douceur. Elle continua longuement sur ce thème et je finis par m'exclamer :

— Mais, ma parole, vous avez déjà essayé !
— Oui, mais uniquement avec un ami très cher qui en est extrêmement friand… moi aussi, d'ailleurs. Ah… c'est meilleur que tout !

J'étais à la fois offusqué, stupéfait et surexcité. Le sujet fut abandonné car la fille, assise à côté de moi, glissait ses doigts sous mes testicules et, de son index, imprimait de douces pressions aux plissures agitées qui palpitaient au creux de mes fesses. Elle me proposa de se mettre à croupetons de façon à sentir mes génitoires au moment où ma hampe cambrée la pénétrerait. J'acceptai et elle me présenta sa croupe rebondie. Excité par sa conversation et ses allusions, j'examinai curieusement sa large fente, puis les stries bistrées qui semblaient me solliciter ; elles m'attirèrent si fort que je ne résistai pas à poser un doigt au cœur de la collerette démoniaque. D'un coup de rein, elle coiffa ma phalange et rit. Je ne profitai pas de l'invitation et, dénué d'imagination, insérait mon gland dans l'organe habituel. Pourtant, la pensée des gravures me hantait ; et, sans très bien savoir comment j'en étais venu à proférer de telles paroles, je lui dis :

— Laisse-moi passer par la porte de derrière.
— Pas ce soir… mais enfonce un peu ton pouce si tu veux.

J'obtempérai et ma jouissance vint presque instantanément, je me laissai retomber sur le dos de la fille et attendis que ma dernière goutte de sperme se fût écoulée en elle.

Ses suggestions, les gravures qu'elle possédait par

dizaines, avaient éveillé ma curiosité : de telles pratiques m'écœuraient, mais elles ne m'en sollicitaient pas moins. Il me paraissait impossible que la verge d'un homme pût s'introduire dans un orifice aussi réduit. Et pourtant, elle prétendait s'être livrée à cet acte : d'ailleurs, mon pouce avait pénétré jusqu'à la garde sans coup férir. J'en vins à être hanté par ce sujet, et, pour mettre fin à mes doutes, je rendis une nouvelle visite à la fille, bien que j'eusse résolu de m'en abstenir. Une fois de plus, je feuilletai l'album de gravures. De nouveau, elle s'appesantit sur les dessins qui me tourmentaient. Finalement, je n'y tins plus et lui demandai de m'initier à ce nouveau plaisir.

— Si tu veux, acquiesça-t-elle. Mais il faudra faire exactement ce que je te dirai.

Je m'y engageai avec empressement.

— Chut ! Ne parle pas trop fort, murmura-t-elle, je ne voudrais pas que quelqu'un puisse nous entendre.

Je baissai donc la voix jusqu'au chuchotement. Je suivis à la lettre les conseils de l'experte personne ; j'ôtai pantalon et caleçon tandis qu'elle se dévêtait totalement.

S'armant d'un pot de pommade, elle en enduisit soigneusement ma verge et agit de même sur sa personne à l'endroit voulu. Comme pénétrés par l'importance du moment, nous observions tous deux un silence absolu. Enfin, complètement nue, elle s'assit à côté de moi sur le sofa et se mit en devoir de me caresser, agaçant ma peau de ses lèvres. Puis, elle prit mes mains dans les siennes, dirigea mes doigts sur son clitoris, les pressa, les frotta, et continua ainsi jusqu'à ce qu'elle fût au bord de la jouissance. Je m'en remettais à elle, la laissant agir à sa guise. Enfin, elle se retourna, croupe offerte. Puis, dans un murmure, elle m'indiqua comment il convenait de procéder : tout d'abord, présenter mon gland à l'orée de son anus ; ensuite, lui donner ma main et m'abstenir de pousser mes avantages avant qu'elle ne le dît. À croupetons sur le sofa, la fille me présentait ses charmes à revers ; juste à hauteur de ma verge, sa crevasse tumultueuse palpitait, distillait

l'invite. Une rigidité d'airain arquait mon membre ; un délire érotique emplissait mon cerveau. Je comprenais que j'allais me livrer à un acte répréhensible, effroyable, auquel j'étais néanmoins résolu.

— Vas-y… entre, tout doucement, murmura-t-elle.

Les striures se dilatèrent au contact de mon gland. Elles le happèrent et, à mon grand étonnement, ma verge tout entière disparut sans que j'éprouvasse la moindre douleur ou difficulté.

— Donne-moi ta main.

J'accédai à sa requête. De nouveau, elle guida mes doigts, les plaqua à son clitoris, les mouilla de son suc et continua ainsi à se masturber par le truchement de mes phalanges.

— Frotte, petit, frotte… Allez, pousse… doucement… encore… vas-y… pousse.

Je m'efforçai de suivre ses conseils, mais j'éprouvais de plus en plus de difficultés à me contrôler.

— Maintenant, éructa-t-elle, maintenant !

Le grognement rauque qu'elle venait d'émettre tenait du cri. J'eus l'impression qu'un étau m'enserrait le pénis : en une fraction de seconde, j'éjaculai. Mon esprit vacillait, en proie à un vertige érotique, tandis que la fille, étalée sur les coussins du sofa, gardait les yeux clos ; le souffle court, elle laissait échapper de petits grognements porcins, tout en continuant à se masturber du bout de mes doigts englués.

Lorsqu'une ombre de lucidité me revint, tout d'abord, j'eus peine à croire que ma verge plongeait au cœur d'un sphincter : l'excitation lui conservait sa rigidité, mais tout désir m'avait déserté. Je la retirai de ce gouffre en proie à un indicible dégoût de moi-même.

— C'était bon, hein ? lança-t-elle d'une voix rauque. Ça te plaît ? Dieu que c'est bon… On pourra recommencer, si le cœur t'en dit.

Ce second extrait est tiré d'un ouvrage intitulé Les Égarements érotiques de Lord Walter *paru aux éditions Encre en*

1979. Mais il ne s'agit là, en fait, que de morceaux choisis de My Secret Life.

Pour ma part, des préoccupations altruistes non moins louables m'habitaient, puisque j'employais cet intermède imprévu à branler consciencieusement le cul d'Annie à deux doigts introduits conjointement sans coup férir. Quant à elle, cette jeune fille suçait chaleureusement le con de sa sœur et se fourbissait le sien du pouce, de l'index et du majeur, l'annulaire et l'auriculaire étant consacrés à vérifier le bon travail de votre serviteur à l'entrée des artistes.

Dans ces conditions, qui oserait demander à mon vit de mollir ? Sophie entreprenait à présent de l'insérer dans le con de sa sœur, mais Annie, affolée de désir, s'écria :

— Non, non, ma bonne, pas là, je vous prie, mettez-le à la place des doigts de Walter qui me donnent déjà tant de plaisir ! Il me faut essayer cela, j'en perds la tête ! (Elle faisait saillir les fesses à un point inimaginable.) J'en meurs d'envie, hâtez-vous, de grâce ! Je n'y puis tenir ! Le cher objet que vous avez en main sera un tel délice en mon petit trou !

Comment rester insensible à de si ferventes prières ? Sophie ne balança pas longtemps. Sans plus d'embarras, elle gouverna ma bite sur le mignon orifice couleur noisette, étréci et froncé, du cul de sa sœur, à l'instant même que j'en retirais les doigts.

Il m'apparut ainsi qu'elles se ralliaient de grand cœur à l'idée que je me proposais de leur inculquer. Me trouvant alors bien lubrifié et aussi raide que possible, les derniers retranchements de la seconde virginité d'Annie se virent forcés promptement. Mais, Dieu du Ciel ! si chaude fut la mêlée, et tant bondissait de plaisir ma douce adversaire, que je dus m'aplatir prudemment sur le dos et lui nouer sans défaillir les bras autour du cou afin de ne pas être jeté à bas, tandis que Sophie, au-dessous, déployait des miracles de voltige pour gamahucher Annie, décidément

ivre de joie, sans en démordre, et continuer à me palper lascivement la bourse et le vit au rythme endiablé de mes incursions dans le cul de sa sœur.

Nous jouâmes tous trois de concert, à en croire le chœur assourdissant qui s'éleva de l'amas confus de nos corps abattus par l'extase, puis nous demeurâmes immobiles et silencieux, endoloris de volupté, attentifs à nos sensations exacerbées par un épuisement si exquis.

Dès que mes cousines, à force de baisers, eurent rendu à mon instrument, à tout le moins languissant, sa fière allure de boute-en-train, Sophie déclara sans ambages que je l'obligerais beaucoup en lui permettant de goûter à ce plaisir tout nouveau : autant que celui de sa sœur, il m'incombait impérativement de lui fourrer le cul. Je m'exécutais. *Mutatis mutandis*, l'expédition s'effectua dans les mêmes conditions que précédemment, à ceci près que les deux impétrantes pouvaient désormais échanger des impressions communes, qu'une élémentaire décence m'interdit de rapporter dans leurs propres termes. L'euphorie de la découverte les égarait. Je n'aurais jamais cru mes jeunes et proches parentes capables d'un tel sans-gêne, mais il va sans dire que ces langues bien pendues fouettaient ma propre jouissance qui atteignit là des cimes rarement visitées.

GUILLAUME APOLLINAIRE

LES ONZE MILLE VERGES
OU
LES AMOURS D'UN HOSPODAR

1907

Paru en 1907, ce petit chef-d'œuvre (qui resta anonyme jusqu'en 1970 par la volonté des héritiers d'Apollinaire) eut tout de suite un énorme succès. « Ce volume », *écrivit un critique* « laisse loin derrière lui les ouvrages les plus effrayants du marquis de Sade. Mais l'auteur a su mêler le charme à l'épouvantable. »

En effet, avec Les Onze Mille Verges, *c'est à un vaste échantillonnage d'orgies et de cruautés que nous assistons. Apollinaire, qui osa ce roman violent et à l'humour ravageur, nous dévoile là une collection de fantasmes qu'un Divin Marquis n'eût pas reniés. Les dépucelages, sodomies de l'un et l'autre sexe, viols en tous genres, sévices, mutilations, scènes de coprophagie et de cannibalisme, supplices variés, s'y bousculent sans interruption, jusqu'à la fameuse scène finale où Mony Vibescu, prince roumain, hospodar héréditaire, se retrouve prisonnier de l'armée japonaise et condamné à mourir sous les coups de verges des soldats : il va passer entre les deux rangées des onze mille soldats qui tous le frapperont une seule fois.*

Cependant, à la différence de Sade, l'humour ici n'est jamais absent, qui tempère l'extrême cruauté des scènes et fait des Onze Mille Verges *davantage une fantaisie bien enlevée, au style alerte, qu'une tragédie. En voici quelques échantillons sodomites bien représentatifs.*

On mit à nu le bel Egon. C'était un garçon d'une beauté admirable et ses seins étaient arrondis comme ceux d'un hermaphrodite. À l'aspect de ces charmes, les soldats sortirent leurs vits concupiscents.

Cornabœux fut touché. Les larmes aux yeux, il demanda à son maître d'épargner Egon, mais Mony fut inflexible et ne permit à son ordonnance que de se faire sucer le vit par le charmant éphèbe qui, le cul tendu, reçut à tour de rôle, dans son anus dilaté, les bites rayonnantes des soldats qui, bonnes brutes, chantaient des hymnes religieux en se félicitant de leur capture.

*

* *

Aussitôt après, elle lui empoigna brusquement la pine en disant : « Assez pour ici. »

Elle la sortit du con et se l'entra dans un autre trou tout rond, placé un peu plus bas, comme un œil de cyclope entre deux globes charnus, blancs et frais. La pine, lubrifiée par le foutre féminin, pénétra facilement et, après avoir culeté vivement, le prince lâcha tout son sperme dans le cul de la jolie femme de chambre. Ensuite il sortit sa pine qui fit « foc », comme quand on débouche une bouteille, et sur le bout il y avait encore du foutre mêlé d'un peu de merde.

*

* *

Cornabœux avait passé son nœud court et gros dans l'anus dilaté de Mony qui gueulait :

— Cochon de chemin de fer ! Nous n'allons pas pouvoir garder l'équilibre.

*

* *

— Que signifie, demanda Mony, cette phrase que m'a dite le portier : « Le général est en train de tremper sa mouillette dans son œuf à la coque » ?

— Regarde, répondit Hélène, et par une porte entrouverte qui laissait voir dans le cabinet de travail du général, Mony aperçut son chef debout et en train d'enculer un petit garçon charmant. Ses cheveux châtains bouclés lui retombaient sur les épaules. Ses yeux bleus et angéliques contenaient l'innocence des éphèbes que les dieux font mourir jeunes parce qu'ils les aiment. Son beau cul blanc et dur semblait n'accepter qu'avec pudeur le cadeau viril que lui faisait le général qui ressemblait assez à Socrate.

— Le général, dit Hélène, élève lui-même son fils qui a douze ans. La métaphore du portier était peu explicite car, plutôt que de se nourrir lui-même, le général a trouvé cette méthode convenable pour nourrir et orner l'esprit de son rejeton mâle. Il lui inculque par le fondement une science qui me paraît assez solide, et le jeune prince pourra sans honte, plus tard, faire bonne figure dans les Conseils de l'Empire.

— L'inceste, dit Mony, produit des miracles.

GUILLAUME APOLLINAIRE

JULIE OU LA ROSE

1927

Marcel Béalu, dans son anthologie La Poésie érotique *(réédité récemment chez Seghers, avec une jolie couverture), attribue à l'auteur des* Onze Mille Verges *plusieurs poèmes érotiques de bonne facture, dont celui-ci, tout à fait charmant.*

Ah faites-moi feuille de rose
Prenez en pitié mon aveu
C'est une langue que je veux
C'est mon cul que je vous propose

Mon cul s'éveille au souvenir
D'une inoubliable caresse
Que m'enseigna une négresse
Dans un hôtel rue d'Aboukir

J'avais seize ans et des torsades
La noire me jugeant à point
Régala mon cul d'un shampoing
Plus savoureux qu'une enculade

Je porte aujourd'hui les cheveux
Roulés en chignon sur la nuque
Mais j'aime encore qu'on me trouduque
Car j'ai le sphincter très nerveux

Et j'ai gardé très peu de hanches
Afin de pouvoir exhiber
Le tralala le plus bombé
Des tralalas que l'on emmanche

Et mon anus est pour le doigt
Une merveilleuse alliance
Mais tu n'es pas bègue commence
Par le baiser que tu me dois

ÈVE ARKADINE

LE SALON DES POUPÉES

1988

Vanessa est une jeune et jolie femme-enfant dont la principale occupation consiste à errer dans les rues obscures, hanter les bars de nuit, afin d'assouvir avec des amants de rencontre ses sens exigeants. Elle a bien un mari, Effixe, collectionneur fétichiste, mais celui-ci se borne à jouer à la poupée avec sa petite femme, l'habillant et la déshabillant, la photographiant dans toutes les positions mais sans jamais lui faire l'amour.

Paru chez Média 1000 en 1988, Le Salon des poupées *est véritablement un très bon roman érotique, original, et qu'on n'oublie pas. Il est joliment illustré de dessins de Karla.*

Vanessa sort d'un parking où elle s'est livrée à deux marins américains, puis à un automobiliste dont la venue a fait fuir les deux hommes et qui n'a pas manqué de profiter de l'aubaine. Mais l'insatiable poupée n'en a pas encore assez…

Quand elle déboucha sur la Canebière, clignant des yeux dans la lumière, elle lut, juste devant elle :

« L'Évangile est annoncé dans cette salle ». Elle traversa. C'était le local de l'Armée du Salut.

« L'Évangile est annoncé dans cette salle », répéta-t-elle doucement, ivre de fatigue. Un marin portoricain lui sourit, croyant qu'elle s'adressait à lui. Elle lui rendit son sourire. Il lui entoura tout de suite l'épaule et elle se laissa aller contre sa poitrine. Il était très beau, le teint sombre, les yeux très noirs étirés vers les tempes. Il dit quelque chose en anglais, en montrant un immeuble du menton. Elle répondit d'une voix basse et douce, sur le ton de l'acquiescement :

— L'Évangile est annoncé dans cette salle.

Il hocha la tête et l'entraîna jusqu'à l'hôtel minable dont il poussa du pied la porte fermée. Juste en face de la porte, un escalier étroit et sale menait à la réception, à l'étage au-dessus.

Vanessa commença à monter les marches. Il la suivit, et la saisit au genou. Elle se retourna. Il fixait ses fesses nues sous le jersey noir. Elle s'assit sur une marche, les jambes écartées, le fixant dans les yeux.

Il regardait sa vulve, comme hypnotisé. Il s'agenouilla quelques marches au-dessous d'elle et caressa du pouce sa fente trempée. De l'autre main, il cherchait son sexe dans les replis de sa braguette. Elle en sentit la chaleur contre son pubis avant même qu'il la touche. Il était brûlant.

Il souleva les jambes minces, les posa sur ses avant-bras musclés. Elle avait les coudes sur une marche, les genoux presque au visage, le dos scié. Et lui était penché au-dessus d'elle, butant du bout de pine à l'entrée de son ventre. Sa position ne lui permettait pas de faire de grands mouvements. Son gland glissa plusieurs fois le long des lèvres mouillées pour aller cogner contre le bois.

— Oh, God… murmurait-il à chaque fois. Oh, God.

Ce fut elle qui l'aida. Elle saisit sa queue d'une main, de l'autre se tint la vulve ouverte. Lui était appuyé sur ses mains comme s'il faisait des pompes. Quand le museau de sa verge fut engagé entre les petites lèvres, elle le prévint

d'un léger appel des hanches et il s'enfonça d'une seule poussée en soupirant :

— Oh, God…

Il était si long qu'elle eut mal. Sa position favorisait une pénétration très profonde. Elle avait les genoux ramenés à la poitrine. Lentement, prenant appui sur ses mains, il la lima plusieurs fois, en soufflant profondément. Elle gémit faiblement à cause de l'épaisseur et de la longueur de cette verge en elle.

— Are you O.K. ? demanda-t-il.

Elle bougea les jambes pour l'inciter à aller plus vite. Il jeta un coup d'œil en haut de l'escalier, puis il se retira d'elle tout doucement, décolla une de ses mains pour guider sa queue plus bas, entre les fesses écartelées. Elle était hypnotisée par la veine qui battait à sa tempe brune, rythmiquement. Une fine sueur lui couvrait le front.

Brusquement, il s'enfonça dans son cul, forçant l'ouverture étroite. Elle se mordit les lèvres. Il s'arrêta et demanda encore :

— Are you O.K. ?

Ses yeux étaient brillants, affolés, humides. Elle le fixait au visage avec curiosité. Il la lima lentement, se retenant pour ne pas gicler, fermant parfois les yeux, crispant les mâchoires. Parfois un tremblement le prenait, muscles fatigués, et il s'immobilisait.

Tout à coup, il changea de position. S'appuyant d'un seul genou sur la marche au-dessous d'elle, il l'obligea à poser ses chevilles plus haut, sur ses épaules larges. Ayant pris un appui plus solide, moins fatigant, il la baisa plus vite.

Il sortit de son cul pour envahir sa chatte, s'y enfonçant profondément. Elle avait très mal au dos mais elle aimait sentir l'effort qu'il faisait. Elle avait l'impression qu'un animal sauvage était en lui, qu'il s'efforçait de dompter, de retenir, mais qui allait bientôt le submerger.

Il joua à entrer et à sortir d'elle, se servant alternativement de ses deux trous, mais capricieusement. Elle ne

savait jamais où elle allait le sentir. Elle n'avait pas de plaisir, seulement de la douleur, le dos scié par la marche dure, le cul et le con écartelés, mais elle éprouvait une jouissance intense, d'une autre sorte.

EMMANUELLE ARSAN

EMMANUELLE

1959

Publié pour la première fois par Éric Losfeld en 1959, mais « sous le manteau », ce n'est qu'en 1967 que ce livre, qui fit date dans la production érotique, bénéficia d'une édition enfin officielle (quoiqu'encore interdit à l'affichage !). Bien écrit et suffisamment excitant, Emmanuelle *se révéla très vite être ce qu'on attendait de lui : un bon produit commercial, d'un exotisme rococo, arrivant à point dans les brisées d'*Histoire d'O.

Il est peu dire qu'un tel livre n'a rien qui incite à de saines et joyeuses gaudrioles. Nulle gaieté ni franche paillardise dans cet érotisme aseptisé et sophistiqué, entrecoupé des longues digressions oiseuses de Mario, le théoricien de service. Dans cette œuvre, les gestes de l'amour n'ont rien de franchement jubilatoire, mais se veulent rites d'une religion : mécaniques et parfois carrément ennuyeux à force d'austérité. Ainsi Emmanuelle parcourt-elle son chemin d'initiation avec beaucoup de bonne volonté mais sans la moindre perversité réelle. Et c'est de la plus banale manière qu'elle vivra l'expérience de la sodomie : avec appréhension, souffrance puis plaisir naissant, et inquiétudes naïves. Car c'est une constante dans le roman érotique que le plaisir est fidèle au rendez-vous dès

l'initiation : le corps de l'héroïne n'a jamais besoin de délai pour s'éveiller à la volupté et l'impétrante à peine déflorée, en cul ou en con, connaît le plus tumultueux des orgasmes au bout d'un ou de deux paragraphes.

Il en sera ainsi pour Emmanuelle dont « les reins » (on ne parle pas de cul ou de vagin, mais de reins et de ventre !) vont être livrés à la lubricité d'un moine bien membré (encore de vieux fantasmes de la littérature du genre : le moine paillard et « l'énorme engin »). Aux exercices de Sodome, celle dont le mentor au pompeux verbiage veut faire une grande prêtresse de l'amour n'est en définitive qu'une petite élève appliquée et bien courageuse.

La salive d'Emmanuelle, dont il est encore enduit, aide à la pénétration : elle doit néanmoins faire un effort stoïque pour ne pas gémir. Comme elle est étroite, là, se dit-elle ; ce qu'elle a mal !

Et lorsque l'homme a réussi à passer, elle souffre encore de découvrir que son membre est si long : elle ne s'en était pas rendu compte, lorsqu'il était dans sa bouche. Il avance tant qu'il va sûrement la perforer. Elle avait cru que le plus douloureux était le moment où le gland ouvrait son anus, mais, maintenant qu'il frappe brutalement, loin au-dedans d'elle, les larmes lui jaillissent des yeux.

Elle ne sait plus à quel moment le plaisir est venu se mêler aux sanglots. Il lui a fallu beaucoup plus de temps pour atteindre l'orgasme que lorsqu'on la prend dans son sexe. [...] Après qu'elle a joui une première fois, le moine a continué à la sodomiser avec une force et une endurance qui, très vite, ont tiré d'elle d'autres spasmes. Alors, elle a crié beaucoup plus fort que lorsqu'il lui faisait mal. Elle ne peut pas dire si ç'a été pendant des heures ou simplement des minutes qui lui ont paru telles, et elle n'a pas su, non plus, quand son amant se répandait en elle.

GEORGES BATAILLE

HISTOIRE DE L'ŒIL

1928

Publié pour la première fois sous pseudonyme en 1928, ce n'est qu'en 1967, soit cinq ans après la mort de Bataille, que Jean-Jacques Pauvert en entreprendra la publication sous le nom de l'auteur.

On aime ou on n'aime pas ce genre de littérature soigneusement « somptueuse » et délibérément obscène. Pour notre part, nous considérons qu'il s'agit là typiquement du livre écrit dans l'unique but d'exciter la censure, avec la prétention de provoquer, de « déranger ». Un livre qui se veut sulfureux, atroce, maudit ; un divertissement d'esthète qui tient à laisser une trace monstrueuse dans la littérature. C'est tellement énorme, peu crédible et caricatural que c'en devient totalement vain et inintéressant. Ça peut procurer de délicieux frissons, lorsqu'on a quinze ou seize ans… Sinon, à peine le plaisir de l'écriture.

Résumé de l'épisode précédent : empalée sur le sexe d'un prêtre garrotté, Simone vient de jouir. Puis :

— Écoutez, sir Edmond, dit-elle, il faut me donner l'œil tout de suite, arrachez-le.

Sir Edmond ne tressaillit pas mais prit dans son portefeuille une paire de ciseaux, s'agenouilla et découpa les chairs puis il enfonça les doigts dans l'orbite et tira l'œil, coupant les ligaments tendus. Il mit le petit globe blanc dans la main de son amie.

Elle regarde l'extravagance, visiblement gênée, mais n'eut pas d'hésitation. Se caressant les jambes, elle y glissa l'œil. La caresse sur la peau était d'une excessive douceur… avec un horrible côté cri de coq !

Simone cependant s'amusait, glissait l'œil dans la fente des fesses. Elle s'étendit, releva les jambes et le cul. Elle tenta d'immobiliser le globe en serrant les fesses, mais il en jaillit – comme un noyau des doigts – et tomba sur le ventre du mort.

L'Anglais m'avait déshabillé.

Je me jetai sur la jeune fille et sa vulve engloutit ma queue. Je la baisai : l'Anglais fit rouler l'œil entre nos corps.

— Mettez-le moi dans le cul, cria Simone.

Sir Edmond mit le globe dans la fente et poussa.

SABINE BÉGEAY

LE CLUB DE LA SUBLIME BOUGIE

1991

Aux dépens de l'auteur, 1991. Tiré à 75 exemplaires, sur papier vergé (!). Un autre extrait de ce livre, forcément difficile à trouver, figure dans le dernier volume de l' Anthologie historique des lectures érotiques, *1985-2000, de Jean-Jacques Pauvert, paru chez Stock en 2001.*

Une ancienne élève d'une institution religieuse raconte ses années de collège. Paisible vie studieuse le jour, entre cours, réfectoire et récréations, mais, la nuit, c'est à un mystérieux sabbat que se livrent certaines des filles, dans la salle de réunion du « Club », où se déroulent des rites et des cérémonies d'initiation, des orgies et des supplices, et, surtout, l'adoration de la Sublime Bougie.

Hélas pour Sabine, notre héroïne et narratrice, il existe aussi des vacances scolaires, qui la séparent cruellement de son Aurélie bien-aimée et des autres filles du Club et où elle retrouve à la maison papa, maman et son frère Philippe. Mais, comme on le constatera, elle n'y perd pas son temps…

Mais mon frère, comme tous les hommes, voulait surtout venir en moi. J'aimais ça aussi mais j'avais toujours peur qu'il jouisse dans mon vagin. Ça faisait plusieurs mois que j'avais mes règles et je savais bien ce que ça voulait dire ! Cependant, quand il insistait trop, je m'agenouillais sur le lit et je tendais mon derrière. Il venait alors derrière moi et s'enfonçait dans ma chatte. Je poussais des cris tellement c'était bon ! Mais je voulais qu'il sorte vite pour finir dans ma bouche ou dans mon cul. Alors, je m'allongeais sur le côté et il venait derrière moi. Je pliais les jambes et mon frère m'enculait. Voilà encore un mot tout à fait délicieux : enculer ! Vite, encule-moi ! On va t'enculer, mon p'tit gars ! Tu vas voir ce qu'on va te mettre dans ton petit cul ! Regarde bien cette grosse bite qui va t'enculer ! Je regardais le mur tandis que mon frère allait et venait dans mon derrière et je rêvais. On va bien t'enculer, mon p'tit gars ! Ça se passe tout au fond d'une cour de récréation. Ils sont trois ou quatre costauds qui tiennent un petit garçon. Ils lui baissent le pantalon et le slip. C'est le plus mignon de la classe, toujours le premier, et le chouchou des professeurs. Les autres, qui l'ont donc coincé dans le garage à vélos, ce sont des petits durs qui rêvent depuis longtemps de lui faire sa fête, au sale chouchou. Histoire de lui faire payer ses bonnes notes. Ils mettent à l'air les jolies fesses et sortent leurs bites. « Regarde ça, ils disent, on va te défoncer ton cul ! » Ils penchent le petit. L'un des garçons le tient par la tête, emprisonnée dans sa veste pour qu'on ne l'entende pas crier et l'autre lui écarte les fesses. Le troisième crache sur le petit trou et, aussitôt, pointe à l'entrée sa belle grosse bite. Et il faut voir alors le petit mignon gigoter et geindre lorsque le gros engin perfore son cul de bébé ! Le gars jouit en poussant des cris et, dès qu'il a lâché tout son foutre, c'est un des autres qui prend la place toute chaude et c'est reparti pour un tour ! Mais voilà qu'à la porte du garage apparaît le professeur de dessin ! Un grand barbu avec un gros ventre. Dans les cent, cent vingt kilos. C'est la panique ! Les trois types ne bougent plus,

c'est l'horreur. Mais, qu'est-ce qui se passe ? Le professeur de dessin ne saute pas sur eux pour les massacrer à coups de poing ! Non, pas du tout : il s'approche lentement, très lentement, en souriant de tout son visage, et il regarde avec des yeux brillants le gentil derrière. Du coup, les trois voyous se voient sauvés. Ils s'écartent un peu, comme s'ils offraient, bien timidement, le petit cul au professeur. Eh oui ! Voilà que le professeur ouvre sa braguette et en sort une énorme bite, tout de suite dure. L'engin a la taille de l'avant-bras du petit mignon, dont la tête est toujours coincée dans la veste du gars. Le professeur s'avance toujours. Ses yeux sont grands ouverts, sa bouche s'écarte en un rictus tout à fait bestial. Les trois gars ne bougent plus. Le géant les écrabouillerait d'une seule main, s'il voulait ! Mais il s'approche toujours du petit chouchou et arrive devant son cul mignon et potelé. Il le caresse un peu. Il est tout rouge et les veines de son gros cou sont toutes gonflées. Il dit tout bas aux trois gars : « Tenez-le bien. » Il approche son énorme bite. Il l'applique sur le trou un peu entrouvert et pousse. Rien à faire, c'est trop gros ! Les garçons viennent en aide au professeur et écartent les deux fesses. Un terrible coup de rein et voilà la grosse bite qui s'enfonce. Le petit derrière est magnifiquement enculé !

Il y a plusieurs fins possibles pour l'histoire. Mais j'ai envie de changer et d'imaginer maintenant que je suis attachée des pieds et des mains aux barreaux du lit pendant que deux hommes me prennent chacun d'un côté. Les deux ensemble. Mais j'ai perdu trop de temps avec l'histoire de tout à l'heure ! Mon frère maintenant va et vient de plus en plus vite et, brusquement, donne un grand coup de rein tout en me serrant les seins et ne bouge plus. C'est fini : il a déjà joui ! Je me sens frustrée ! Je me promettais tellement de plaisir à être attachée et violée des deux côtés à la fois ! Ça m'apprendra à changer d'histoire en cours de route ! J'aurais dû en rester au petit chouchou enculé par le gros professeur pendant que Philippe jouissait, ça m'aurait bien aidée !

Philippe s'était allongé derrière moi, flapi pour un quart d'heure. J'avais saisi les barreaux du lit. Mes jambes étaient écartées. J'ai dit à Philippe :

« Je suis attachée, c'est terrifiant ! Tes copains vont arriver et ils vont me violer un par un ! » Philippe s'est relevé sur un coude et m'a regardée d'un air perplexe. « Quelle obsédée ! m'a-t-il dit en faisant une grimace. Tu n'en as jamais assez, hein ? »

Moi, je me tordais sur le lit. Je ne pouvais presque pas bouger, solidement attachée comme je l'étais, écartelée sur ce lit. Trois hommes s'approchaient, leurs énormes bites dressées. Ils me regardaient en souriant férocement, ravis à la pensée de tout ce qu'ils allaient faire à cette jolie fille soumise à tous leurs caprices, livrée à tous leurs désirs. Ils contemplaient tout particulièrement mon magnifique derrière, puis regardaient mon visage tout en pleurs. Et tous trois savouraient à l'avance le délicieux plaisir qu'ils allaient avoir à enculer cette belle petite fille qui pleurait et qui les suppliait. À l'enculer, l'enculer, l'enculer…

Philippe était parti boire à la cuisine. Il revint. Je me débattais toujours dans mes liens, en secouant la tête d'un air épouvanté. Car les mains de ces trois hommes me tripotaient partout, malaxaient mes pauvres seins, s'insinuaient entre mes jambes, écartaient mes fesses. Philippe secoua la tête d'un air navré. Puis il haussa les épaules et se pencha entre mes jambes. Et je sentis son visage entre mes cuisses, sa bouche sur mon sexe assoiffé de plaisir. Je dis, pour le remercier : « Oh oui, mon petit Philippe ! Mon grand frère adoré ! » Sa langue glissa entre mes lèvres, remonta vers le clitoris. Je fermai les yeux et pensai à Aurélie. Je sentis alors la bouche, la langue, les lèvres, les dents légères de mon aimée s'occuper de mon plaisir. Et, immédiatement, je basculai dans une jouissance magnifique, telle que je n'en avais jamais connue. C'était comme une vague venue de mon ventre et qui m'emportait tout entière. Puis anéantie par tant de plaisir, je ne bougeai plus, heureuse comme jamais.

Mon frère s'était redressé. Il me regardait d'un air avantageux.

— Alors, me dit-il en souriant fièrement, c'était bon, hein ? Tu as vu comme je sais bien te faire jouir ?

DENIS BELLOC

NÉONS

1987

Ce livre, le premier de Belloc, édité chez Lieu Commun en 1987, puis en 1996 chez Balland, fut salué comme un événement. Marguerite Duras, dans Libération, *dit son admiration pour* « ce texte terrible », *où l'on trouve un peu de Genet, un peu de Céline. Dans toute son œuvre* (Le Petit Parmentier, Un collier de chiens, Les Aiguilles à tricoter, Képas…) *Belloc se fera toujours le chantre des paumés, des drogués, de la prostitution, de l'inceste, bref : de la déchéance sociale.*

Pierre met un peu de vaseline sur ses doigts et l'étale sur mon cul, il masse pour faire pénétrer et il enfonce sa queue entre mes fesses, c'est comme une brûlure, je griffe l'oreiller pour ne pas hurler, il lime longtemps et il jouit à l'intérieur en poussant des gémissements. Il demande : « Je t'ai pas fait mal ? » Je réponds : « Un peu, c'était la première fois. » Il s'excuse : « Désolé, mais quand je t'ai vue, j'ai pensé que… » Je dis que c'est rien, que j'ai bien aimé, alors il dit : « Fais un vœu ! Quand c'est la première fois, il faut toujours faire un vœu. » On éclate de rire. Mon fond

de teint a taché l'oreiller et mon rimmel a coulé. Et c'est la nuit du côté d'Anvers.

*

*   *

Un type dans le bois, avec un sac en plastique dans la main. Je le suis, je veux savoir pour le sac. Le type est contre un arbre, il sort du sac un godemichet. J'écarte les fesses du type et j'enfonce le gode doucement comme un thermomètre à un môme. Je sais qu'ils sont là, derrière les arbres et les troènes. Je lime sur toute la longueur du caoutchouc, lentement. Ils arrivent. Une dizaine, plus peut-être. Je branle et je suce et je guide les queues dans l'orifice du type appuyé contre l'arbre.

Y en a un qui se tient à l'écart, il est grand et barbu, je crois que ses yeux sont bleus, il se touche pas, il regarde. Je veux qu'il participe. Je m'approche. Ma main vers sa braguette, il se recule. Je ne comprends pas ce qu'il dit.

J'entends des mots : « morbide », « dépravé » et puis « pauvre type ». Je reviens près de l'arbre. J'enfonce le gode entre mes fesses.

Je cherche le mot dans mon dico : MORBIDE : relatif à la maladie : état morbide. Qui dénote un déséquilibre maladif, dépravé : imagination morbide. DÉPRAVÉ : Gâté : goût dépravé. Perverti, débauché. Pour « pauvre type », je cherche pas. Je sais.

ADOLPHE BELOT

LES STATIONS DE L'AMOUR

1856

Adolphe Belot (1829-1890) connut son heure de gloire en 1870 à la parution de Mademoiselle Giraud, ma femme, *dont le sujet (les amours de deux femmes) fut jugé si scabreux que le* Figaro *avait dû en interrompre la publication dans ses colonnes. Il publia ensuite d'autres ouvrages (*La Vénus noire, La Femme de feu, La Bouche de Madame X…*) avec un moindre succès. Le roman* Les Stations de l'amour *parut après la mort d'Adolphe Belot et lui est généralement attribué. Mais il va de soi que toute attribution, lorsqu'il s'agit d'un ouvrage anonyme, est (forcément) sujette à caution…*

Cependant, que l'auteur en soit Adolphe Belot ou un autre, nous avons assurément, avec Les Stations de l'amour, *l'un des meilleurs romans érotiques jamais écrits, tant par la qualité de l'écriture que par la nouveauté du thème abordé. Car ce livre qui date d'il y a un siècle et demi (il aurait été publié clandestinement en 1856), pourrait fort bien avoir été écrit de nos jours tant le propos en est moderne. Il nous conte en effet les aventures extraconjugales d'un couple très libre, Cécile et Léo, qui, se trouvant séparés pour des raisons professionnelles, entretiennent une correspondance où ils se racontent, honnêtement et avec force détails, leurs multiples*

aventures. Peu de couples d'aujourd'hui, même « libérés », en feraient autant !

Léo à Cécile – Lettre VI (Calcutta, le 23 décembre 18..)

Chère Cécile, il est arrivé, le grand jour où je devais enfin cueillir cette fleur précieuse que la tendre Flora m'avait réservée, et ce bouton charmant que la délicieuse et espiègle Maud était impatiente de m'abandonner !

[...]

Maud s'était déjà élancée sur le lit, hennissant d'impatience comme une jeune cavale qui a senti l'étalon. J'allais la rejoindre, quand la prévoyante Dora m'arrêta :

— Un instant ! Où mettez-vous vos draps ?

Je lui indiquai l'armoire à glace. Elle en prit un, le déplia avec l'aide de Flora qui avait compris, le replia en trois, et s'approchant du lit :

— Soulève-toi, dit-elle à Maud qui regardait tous ces préparatifs.

Elle lui glissa le drap sous les fesses, puis embrassa la petite en disant :

— Alors. Tu es bien décidée ?

— Mais oui, je ne demande que cela. Dépêchez-vous donc !...

Je commençais à ne plus pouvoir me contenir. Je sautai près de Maud que j'entourai de mes bras en lui passant d'ardentes langues.

Flora s'assit auprès de nous, et Dora demeura debout devant l'autel pour présider aux manœuvres.

— Maintenant, mes amis, allez-y ; du courage, Maud.

La mignonne me tendit les bras dans un mouvement adorable en me disant :

— Viens, mon Léo, viens mon amant, ne crains rien ; mets-le-moi sans crainte... Va !...

Et elle mit sa bouche sur la mienne en tressaillant : guidé

par la main de Flora, mon priape venait de toucher le bouton sacré en se présentant à la porte du temple. Le gland entra assez facilement ; je sentis le ventre de Maud se soulever pour venir au-devant de son bourreau. Flora me caressait doucement les testicules, tandis que Dora promenait sa main du haut en bas de mon épine dorsale, allant jusqu'à l'entre-fesses qu'elle chatouillait avant de remonter ; Messire Priapus avançait doucement. Tout à coup, Maud me cria : « Va ! » en donnant un vigoureux coup de reins et en poussant un cri qu'elle étouffa en me serrant à me faire perdre la respiration.

J'avais, de mon côté, au même instant, fait un effort énergique et… je me sentis nager dans une mer de délices.

Les bras de Maud se desserrèrent. Elle poussa un grand soupir et me dit :

— Ça y est !…

Je soulevai la tête pour la regarder : de grosses gouttes de sueur perlaient sur son front. Elle reprit :

— Maintenant, mon chéri, continue : baise-moi doucement… Fais durer le plaisir le plus longtemps que tu pourras… Donne-moi tout…

Cette fois, j'allais facilement. Ma respiration devint plus courte.

Maud lâcha ma langue qu'elle suçait depuis un moment, et me secondant comme si elle n'avait fait que cela toute sa vie, elle murmura d'une voix entrecoupée :

— Voilà… Je vais jouir… Oh ! cher, donne… donne… Oh ! je le sens… Je décharge aussi, je jouis… Oh ! encore ! encore ! C'est le paradis… toujours… Oh ! oh !…

Ses bras et ses jambes se détendirent et la nouvelle initiée demeura sans mouvement, les narines frémissantes, les traits empreints d'une béatitude sans mélange.

J'allai faire mes ablutions.

Lorsque je revins, Maud reprenait ses sens.

— Cher ami, cher ami, me dit-elle avec passion, que je t'aime ! que je suis heureuse ! Je suis ta femme ; tu es mon mari : je t'aime ! Oh ! mes bien-aimées, poursuivit-elle en

se tournant vers Dora et Flora qui regardaient en souriant cette naïve expression de bonheur, vous n'avez pas idée des délices que j'ai éprouvées quand je l'ai senti pénétrer jusqu'au fond de moi et m'inonder de ce nectar...

— Mais si, répartit Dora, nous en avons parfaitement l'idée, moi, du moins...

— Et la douleur ? demanda Flora, intéressée.

— Oui, une douleur atroce, déchirante, mais qui ne dure qu'un éclair. Qu'est-ce que cela en comparaison des ravissements qui suivent ? Oh ! je voudrais qu'on me baise toujours, toujours... Toi, Léo, fit-elle en se reprenant, rien que toi, pas les autres hommes, toi seulement, et mes deux amies... Oh tiens... tiens...

Et elle avançait son ventre contre ma poitrine, la frappant comme d'un bélier avec sa motte en feu.

— Allons, ma petite Maud, calme-toi, dit doucement Flora.

— Oh ! Dora, s'écria Maud en se jetant au cou de son amie, si tu voulais... Oh ! que tu serais gentille, je t'aimerais... encore plus...

— Mais quoi ? que veux-tu, ma chérie...

— Eh bien ! fit Maud d'un ton câlin, que tu me cèdes ton tour.

— Comment, tu veux recommencer ?

— Non, pas comme ça, quoique j'en aie bien envie... Mais je veux essayer de l'autre façon.

— Quoi ! demanda Flora, tu veux, tout de suite ?...

— Oui, je veux qu'il m'enquioule, – j'ai vu comme tu étais heureuse l'autre jour... Et puis après, vous serez débarrassées de moi.

— Allons, petit monstre, fais ce que tu voudras...

— C'est toi, ma Dora, qui me feras minette pendant qu'il me le mettra ?

— Oui, polissonne, je veux avoir l'étrenne de ton petit chat dépucelé par-derrière...

Maud avait déjà posé sa poitrine sur l'un des coussins de la chaise longue, et écartait ses jambes entre lesquelles

Dora prit place, assise sur l'autre coussin, les lèvres tendues vers la plaie rose et béante. Flora lubrifiait avec du cold-cream le réduit où j'allais pénétrer, et elle y enfonça le doigt.

— Tu vois, souffla Maud, comme ça entre facilement… Attends, Dora ; je jouirais trop vite.

— Oui, répliqua Flora, mais ce n'est pas un doigt que l'on va mettre là.

Et, se tournant vers moi :

— Va, chéri, va conquérir ce nouveau pucelage.

C'était facile à dire. Je ne te rends pas compte en détail des efforts qu'il me fallut faire et que Maud supportait avec une constance vraiment héroïque, m'encourageant de ses exclamations étouffées, mêlées d'anglais et de français…

— Oh ! Go on ! Push forward ! Ta langue, Dora… slowly… Que c'est bon ! Push slowly… Oh ! fort… Quick… quickly… Dora… Darling… Oh ! je sens ton foutre… I am fainting… My bottom… Oh !

Et elle retomba, le nez sur le coussin, pendant que Dora se relevait toute rouge en s'essuyant la bouche…

— Attends, me dit Maud en me retenant, ne t'en vas pas… Laisse-le sortir tout seul… Je le sens… Oh ! si tu pouvais décharger encore… Oh ! ajouta-t-elle en portant vivement le doigt à son bouton… je jouis encore… Oh !

— Encore, dit Dora, elle n'a fait que cela !… je l'ai senti couler au moins trois fois…

— Je suis morte… morte de bonheur… soupira la petite en se relevant et en s'étendant sur la chaise.

Flora me prit par la main et m'entraîna… C'est elle qui voulut laver, éponger, nettoyer son ami, qui en avait bien besoin.

— Repose-toi un moment, mon chéri, me dit-elle.

TONI BENTLEY

MA REDDITION

2004

La quatrième de couverture de Ma reddition, *paru en 2006 chez Maren Sell Éditeurs dans sa traduction française, nous apprend que Toni Bentley est une ancienne danseuse étoile du New York City Ballet et qu'elle est l'auteur d'un* Journal d'une danseuse *et de quelques essais publiés aux États-Unis.*

On est aussi averti que ce livre constitue « une confession d'une incroyable liberté », « une somptueuse lettre d'amour et de gratitude, adressée à A-Man, l'homme par excellence qui, 298 fois en deux ans, révéla l'extase mystique à l'auteur ».

On parle aussi de « confins du plaisir absolu » *et des* « joies du holy fuck » *qui est, comme chacun sait,* « la sodomie qui enseigne l'absolu abandon ».

Bref, tout est réuni pour faire un gros succès d'édition : un récit présenté comme autobiographique (pour satisfaire le lecteur/voyeur), un vaste échantillonnage d'expériences (bi)sexuelles, une progression des dépravations propre à exciter l'Américain moyen confit dans sa misère sexuelle, et, par-dessus le marché, quelques envolées de styles par-ci par-là ; un style fabriqué, pour faire littéraire et érudit.

Et puis, comme c'est américain, on y parle de Dieu et de psychanalyse de temps en temps, histoire de montrer qu'on n'est pas des bêtes, quand même. Et puis, d'accord, on se fait pénétrer, mais attention : « religieusement », s'il vous plaît. Et sans oublier l'épilation et le préservatif, non plus. Sodomie d'accord, mais hygiène d'abord !

Bon. On aura compris que c'est bien parce que ce livre se veut un éloge de la sodomie (« La vérité se cache toujours au fond du cul »*) qu'il prend place dans cette anthologie. Car les descriptions du mode opératoire qu'on va lire ci-après ne sont pas particulièrement propres à susciter l'émulation ! Ce* « dard dans mon tutu » *qui* « fourrage dans mes angoisses »*… Bof ! On est loin des saines et joyeuses fouteries d'un Restif de La Bretonne, d'une Renée Dunan, d'un Esparbec, d'un Pierre Louÿs…*

Préliminaires

Toc toc toc. Quand je lui ouvre, il met toujours du temps avant d'entrer, il n'est pas pressé. A-Man sait où il va. Et d'où il vient aussi. Il pénètre à l'intérieur, je verrouille la porte, et nous voilà enfermés tous les deux. Déjà la fièvre monte. Puis on s'enlace, on s'étreint. On s'étreint à corps perdus. Une amorce de jouissance, de la sienne comme de la mienne, forte, enveloppante, possessive. Je commence à gémir, je sens sa verge pousser contre mon ventre. Il empoigne mes hanches et les presse sur son dard. C'est dur de se séparer, mais on doit aller dans la chambre, c'est impératif. Si on ne patiente pas jusque-là, il y a toujours de la casse. La chambre est notre cellule capitonnée, là où notre folie peut se déchaîner sans trop de dégâts matériels.

Parfois, il se contente de me tourner dans l'autre sens, sa verge plaquée contre mon cul, et me conduit à la chambre, sans jamais perdre le contact. Nous synchronisons notre

marche pour ne pas changer de position. Mais avant d'ébaucher le premier pas, je retrouve ma voix et lui demande s'il veut manger, s'il n'a pas faim. Il refuse toujours, mais je lui pose toujours la question. Nous sommes très courtois l'un vis-à-vis de l'autre.

Une fois arrivés à bon port, nous revisitons souvent notre étreinte. Ces premiers débordements installent Loveland, mais l'heure est maintenant venue de quitter ce lieu invisible pour gagner Erosland, où les choses sont visibles, tangibles, et pourtant si irréelles. À présent il est complètement roide, son caleçon hissé à bloc. Il s'écarte de moi et lentement, avec des gestes précis et délibérés, retire tous ses vêtements, sans me quitter un instant des yeux. Je n'ai qu'à regarder et à attendre. Il me fera savoir ce qu'il veut, il le fait toujours.

Parfois, d'une voix douce, il me dit : « Va sur le lit... À quatre pattes... Maintenant enlève ta robe. » Puis il me broute par-derrière. D'autres fois, il me prendra à bras le corps pour me mettre dans la position de son souhait : accroupie sur un coussin devant lui pour sucer sa bite, ou à plat dos sur le lit pendant qu'il lutine mes seins à travers ma robe ou... Mais, quoi qu'il arrive désormais, tout a lieu au ralenti. Après un pompier généreux, je ne vous dis que ça, il me retourne, attrape un préservatif. Je sais alors que nous allons passer au stade supérieur.

Foutre en con est un préliminaire. Parfois, il saute ma vulve pour aller tout droit à mon cul. L'effronté, rien que le cul ! Le théâtre des variétés. Mais, d'habitude, il s'occupe d'abord du devant. Au moment où il me perfore, je le sens buter contre le col de mon utérus, le fouailler, et cet assaut me fait toujours tressaillir. J'entre dans la zone de décharge. Et parfois il s'engage à fond avant de commencer à palpiter avec de petits coups experts, repoussant toujours plus mes parois dans mon être intime. Chacun de ses battements en demande plus et l'obtient. C'est le début de la quête du toujours plus, un état du désir charnel qui s'embrase sans fin. Les ondes de plaisir déferlent d'abord lente-

ment, puis plus vite, sans répit. Pic après pic, la plupart estimeraient qu'il n'y a pas mieux, que c'est même transcendant. Mais nous sommes gourmands, lui et moi, et savons où aller chercher encore davantage. Il y a ce moment, étonnant, où l'espace est saturé d'amour, et d'où la perte est pourtant absente. Nous n'en sommes qu'au prélude, c'est une simple mise en train.

Après qu'il a eu son content de fente (la décision lui appartient), il se retire et me met en place : tantôt sur Pink Square, tantôt en levrette, tantôt sur le côté, avec une hanche incurvée vers le haut comme un Henry Moore. Quoi qu'il ait en tête, il parvient à ses fins. Déjà foutue à satiété, je suis maintenant tout ce qu'il y a de plus docile. Ma volonté a diminué d'environ quarante pour cent, mais je me cramponne toujours à mon être conscient. Et à mes talons hauts. J'ai bien davantage à donner. Oui, bien davantage. J'ai le pouvoir de donner, de donner le pouvoir. Mes autres amants n'ont jamais reçu dix pour cent de ce que j'ai encore à donner. Ils n'avaient pas le pouvoir de le demander. Lui l'a... Et m'en demande encore plus.

Entrée des artistes

Il me place sur le flanc gauche, deux coussins bien calés sous la hanche, ce qui relève mon cul en une attrayante petite arche oblique. Je pose donc la joue gauche sur le lit, tourne la tête et lève les yeux vers lui – avec lui on regarde toujours vers le haut, jamais vers le bas. Il se saisit d'un des tubes de K-Y épars autour du lit. J'adore le bruit du capuchon qui s'ouvre. En me regardant, il presse un peu de gel sur deux de ses doigts. Reportant son regard sur mon cul, il l'étale sur mes fesses avec un tel sang-froid que je ne puis croire à la chance que j'ai. Il le fait pénétrer délicatement, fermement, autour de mon trou du derrière, à l'intérieur, garnissant l'entrée, aplanissant le passage. Son visage arbore une expression des plus merveilleuses pendant ces

préparatifs, ses yeux tour à tour plongés dans les miens, puis revenant à mon derrière. Il y glisse un doigt puis deux en observant ma réaction, sans jamais me lâcher du regard, pendant que je sens ses doigts qui me fouillent, nous reliant à la fois intérieurement et extérieurement, la boucle est bouclée. Ressortant ses doigts, il prend un peu plus de K-Y et enduit doucement sa queue sur toute la longueur.

C'est l'heure.

Tenant son dard, il le guide vers le creux de mon cul, comme un canoë qui s'engage dans un étroit ravin. Je sens son bout lisse, à la fois dur et satiné au contact de ma peau. Le centre de mon trou du derrière, à la façon d'un aimant, est attiré par la pression qui s'y exerce. Nous nous branchons. Sa clé dans ma porte, son anode contre ma cathode, sa prise mâle en ma prise femelle.

Et la lumière fut.

Pôle contre pôle, il me fourgonne, j'inspire, il pousse, je me relâche, il palpite, je m'ouvre, il pousse, pousse encore, je continue à m'ouvrir, il s'enfourne, ses yeux sont rivés aux miens. Et il m'envoie à bon port.

Parfois, ensuite, il se retire et toque quelque temps à l'entrée. D'autres fois, il glisse plus avant, plus au fond, lentement, très lentement, jusqu'à être enfoui au ras de mon cul, avec juste les testicules à l'extérieur. Il reste là un moment, sans bouger. Puis il s'enfourne plus loin encore. D'autres fois encore, il me met dans une autre position. À quatre pattes. Ou debout et penchée en avant, les mains plaquées au mur. Ou sur le dos, les pieds au plafond. Ou encore – une de ses préférées – les jambes sur la tête et le cul en l'air. Peu importe ma position, il reste au-dessus de moi, les yeux toujours baissés, à m'observer, m'aimer. Et, en général, il opère ces changements sans retirer son dard de mon tutu. Absolument mortel ! Mais, quel que soit l'angle, je sens sa queue grossir en moi, devenir plus forte, plus dure, s'enfouir davantage, fourrager dans mes angoisses, ma petitesse, ma fierté, ma vanité. Tel un aspirateur domestique, il aspire mes moi inférieurs, il ôte mes

péchés, un à un tous sont absorbés. Dessous, il découvre ma candeur, mon innocence, celle que j'étais à quatre ans avant d'être frappée par La Main et de devenir enragée. C'est ce qu'il cherchait, c'est ce qu'il trouve, c'est ce qu'il me rend.

Quand je perds pied, je laisse choir mes mules une à une avec un bruit sourd. Il sourit et me dit affectueusement : « Maintenant on va s'amuser. » Et alors je prends le rapide du paradis. Ignorante comme je suis, je verse souvent des larmes. En vrai gentleman, par respect pour ma pudeur, il cache mes yeux sous sa grande main pendant qu'il me baise de plus en plus rudement, de plus en plus vite, me tirant encore plus de larmes.

Quand je me lâche enfin complètement, sans rien retenir dans le moindre repli de mon être, et que mon ego est annihilé, alors les rires commencent. Ils peuvent fuser pendant que je suis encore en train de pleurer, les forces à l'œuvre sont identiques, même si les larmes sont plus courantes. Mais je ne sais comment, quelque part en chemin, mon inconscient prend brusquement le dessus, et je ris, je ris, je ris. Et plus je ris, plus il m'encule, jusqu'à ce que plus rien n'ait de sens. Car, maintenant, on s'en donne à cœur joie. Il me regarde rire et puis, content de me voir partir avec lui, il m'encule de plus belle, toujours attentif, toujours présent. Mon fou rire alors redouble et je ris comme jamais je n'ai encore ri. La première fois, je l'ai tout de suite reconnu – le bêlement de la vieille bique. C'est le cri de celle qui est prisonnière du mystère de l'univers, de l'ironie de l'angoisse, de ces confins exécrés par l'ego. Ceux de l'extase.

Au début, la jouissance était si insoutenable que j'essayais de lui échapper, je voulais savoir ce qui m'arrivait. Mais il ne me laisse pas faire, me foutant si impitoyablement que toute tentative de reprendre le contrôle est vaine. C'est là que sa domination est absolue. Je suis son esclave et, malgré ma peur panique, il m'impose l'harmonie. À la longue j'ai fini par l'accepter ; non seulement elle me visite

désormais, mais j'ai appris à la retenir. Pendant ce temps, il me regarde passer des pleurs aux gloussements ou au rire convulsif. « Tu es folle, ma douce », dit-il. Lui-même a l'air un peu étourdi mais, à la différence de moi, il garde son sang-froid, il reste conscient.

Alors qu'il s'agenouille au-dessus de moi, lové au fond de mes entrailles, je lève les yeux et je vois l'être le plus beau que j'aie jamais vu. Comme le David de Michel-Ange, il a la poitrine large, la peau douce, des mains immenses, un visage béat. Je vois la beauté de cet homme. La beauté de l'homme.

C'est la première fois que je vois ça.

ANDRÉ BERRY

LES EXPÉRIENCES AMOUREUSES

1949

André Berry (1902-1986), qui se définissait lui-même comme un « amant de la vie, affamé de la possession de la terre » *fut un auteur abondant, de poésies et de romans. Il eut le privilège d'avoir, de son vivant, son buste sur la place de Quinsac, en Gironde, son pays d'origine qu'il a si bien chanté. On lui doit* Les Esprits de Garonne *(1941),* Sonnets surréels *(1957),* Le Puceau vagabond *(1947), et cet autre roman, un peu oublié,* Le Silence sous les panonceaux *(1941), dont l'action se situe à Saint-Omer, la ville des fameuses « dames aux chapeaux verts ».*

Édité chez Denoël puis aux éditions du Scorpion, Les Expériences amoureuses *date de 1949.*

Les expériences amoureuses, ce sont celles d'Alban Darbaud, dont la riche Gisèle Girecibot, après une satisfaisante période d'essai, va louer les bons offices. Cette femme très libre sait ce qu'elle veut et ne s'embarrasse pas d'hypocrites déclarations d'amour. Comme elle l'expliquera à Alban, elle cherche avant tout un compagnon de jeux : « Notre amitié, cher Alban, a décidément pris bonne tournure. Je dois conclure, d'un mois de fréquentation, que vous êtes vraiment le camarade

adéquat. Vous avez compris qu'il me fallait, non ce qu'on appelle vulgairement un amant, mais un compagnon d'amusement, comme en ont maintenant les femmes du monde. »

Elle s'attachera donc Alban par contrat, lui offrant de quitter son travail et d'entrer à son service amoureux pour la somme trimestrielle de deux mille francs, avec éventuelle reconduction. Mais auparavant, Gisèle aura testé le savoir-faire de son futur employé, d'abord côté face, puis côté pile… (qui devient ici, savoureusement, le « côté chic ») mais toujours dans la bonne humeur et la camaraderie.

Après un long chemin à travers cette Babel hôtelière, ils parvinrent à la porte d'un vaste appartement. Gisèle, entrée devant Alban, lui demanda la permission de passer dans le cabinet de toilette, et revint les cheveux défaits, la robe ouverte ; elle se dévêtit elle-même, comme pour une nuit de noces d'argent. Nue, elle se campa debout à trois pas d'Alban, fit le geste d'une femme qui s'étire, découvrant ses aisselles épilées, et lui demandant simplement :

— Je te plais ?

Comment n'eût-il pas goûté ce long corps blanc et svelte (que ne gâtait pas une verrue curieusement placée entre le pubis noir et l'ombilic rose), ces seins hauts et menus aux bourgeons foncés, ces flancs de garçonnet, ces fesses étroites ?

Il le lui prouva, avec le même laconisme, en la jetant sur le lit. Elle ajouta un cri, mais pas un mot. Après qu'Alban eut somnolé un instant, la tête sur son sein :

— Tu joues très bien, dit-elle. Mais, maintenant, tourne-moi du côté chic.

Le tout fut fait d'une façon à la fois camarade, mondaine et sportive, comme il avait été prévu ; et Darbaud, reposant sur ses seconds lauriers, songeait avec un peu de mélancolie à gagner les troisièmes, quand Madame Girecibot sonna.

Une femme de chambre se présenta. C'était une belle fille, grande et forte, une vraie racine des Halles. Gisèle ramena sans hâte la couverture.

— Mademoiselle, une bouteille de Mumm, s'il vous plaît.

Et, comme déjà la fille s'éloignait :

— Encore un mot, je vous prie… Vous servirez nue.

— Mais, Madame…

Un moment après, la servante revint, ayant laissé dans l'antichambre tous ses effets sauf sa coiffe, et porteuse d'une bouteille à tête d'or inclinée dans un seau de glace. Elle fit sauter le bouchon et, sur la cheminée, posa deux coupes pleines.

— Bien, dit Gisèle, voici cent francs pour vous. S'il vous plaît, vous vous en retournerez à quatre pattes.

— Mais encore une fois, Madame…

— Voici deux cents francs. Vous vous en retournerez à quatre pattes. Et quand l'autre se fut exécutée, découvrant dans sa retraite une croupe chevaline :

— Vois quelle peine j'ai eue, dit Gisèle, à assouplir l'échine de cet insolent quadrupède !

— Mais pourquoi fais-tu cela ? demanda Alban, un peu abasourdi.

— Pour te montrer, grand sot, ce qu'on peut faire avec de l'argent… Et puis, cela m'amuse de voir des femmes.

— Les aimerais-tu ?

— Elles m'intéressent.

— Dis-moi tout.

— Oh ! moi, tu sais, j'ai tous les goûts nobles.

NICOLE BLEY

LA PANTHÈRE BLEUE

1971

Livre cri, qui conte les dérives d'une jeune banlieusarde, entre H.L.M. et braquages, entre amours passionnées et agressions sauvages.

Paru en 1971, dans la collection « L'Accès » chez Pauvert, ce livre fut suivi deux ans plus tard d'un second, Lâche ton cul, camarade. *Il fut interdit à plusieurs reprises, par les soins vigilants des papas-censeurs qui dirigent les lectures du peuple-enfant.*

On peut toujours, dans ce genre de récit, se poser des questions sur la part d'autobiographie réelle, tenter d'établir la balance entre invention et réalité. Mais, en définitive, là n'est pas l'important. Ce qui compte, ce sont ces pages qui demeureront à tout jamais, pages gaies, douloureuses, tendres, sanglantes, témoignant d'une époque et d'une réalité : celle des banlieues, des filles violées, des petits casses minables, des passions dévorantes, de la prison, de l'impossible rédemption…

[Le choix de ce livre et de cet auteur n'est rien moins qu'objectif, car, avec Nicole Bley (morte en 1976, à l'âge de trente-cinq ans), nous avons partagé jadis une part de nos vingt ans, dans notre chambre de bonne de Montmartre. Alors, forcément, ça donne envie d'en parler, de la faire connaître…]

On roule dans Paris comme poursuivis.

Minas, qui tient toujours la vieille sur ses genoux, est arrivé à la décider à soulever ses jupes pour faire l'amour avec elle, et l'appelle « petite mère ». Elle pleure entre ses rides en racontant qu'elle a un fils qui lui ressemble et qui est en prison.

La voiture tangue ; on croise des bouchons piaffants de voitures entremêlées qui veulent leur journée de travail. On passe sur les trottoirs, dans les sens interdits, on freine in extremis à coups violents braqués pour ne pas se jeter contre un arbre ou une autre voiture. Minas, que tous ces risques excitent, s'acharne dents serrées sur sa prise qui pousse des cris horrifiés, tandis que la banquette mal fixée me transmet des trépidements insupportables.

Les jupes de la vieille, qui sont remontées par-dessus sa tête, révèlent un dos à la peau grise et décharnée. C'est le premier cul de vieille que je vois de ma vie. Il pend comme un masque de cire fondu le long des cuisses de Minas, battant comme les oreilles d'un cocker. La vieille entre ses cris d'effroi s'épanche en larmes, racontant ses déboires. Elle dégage une odeur si repoussante aigre-douce de vin et de misère, que j'ai envie de vomir, et chaque trépidement m'est un coup de poing dans l'estomac.

Minas est en colère et, entre ses soubresauts, il crie, désespéré :

— Ferme ta gueule, vieille salope, tu me fais débander !

Il y a à peine un mois que le jeune Yougoslave a perdu sa mère, une alcoolique sans énergie, qui tout en se laissant aller à la maladie, faisait l'amour devant son fils avec tous les copains qu'il ramenait à la maison. Elle était encore belle malgré tout, et a été trouvée grièvement blessée chez elle avec des coups et blessures qui ont fini par la tuer. Est-ce à elle que Minas pense maintenant ? Il semble se défouler de quelque chose, et s'acharne à vouloir éjaculer à toute force. Mais quelque chose l'arrête. Il est rendu furieux, et tape sur la pauvre vieille qui n'en peut plus et qui tente de se dégager pour descendre.

Minas qui est tout rouge la retient avec force en criant :

— Laisse-moi faire, nom de Dieu, je veux t'enculer !

La brave dame ne veut pas et il s'ensuit une vraie bagarre, où à la fin, ayant pris une gifle violente en pleine figure, elle se laisse tirer d'un coup à plat ventre sur le dossier de la banquette avant par celui qui est à côté de Jean-François qui conduit. Ses jupes relevées, et son derrière tendu comme pour la fessée, Minas plié en deux essaye de s'introduire. Elle pousse des vagissements comme pour mourir.

On est dans les allées du bois de Boulogne. Minas entre ses dents répète qu'elle l'excite, quand Jean-François, qui s'énerve lui aussi, donne un violent coup de frein en se garant contre un bosquet. Il descend à toute vitesse, et contournant la voiture en courant, il ouvre la portière du côté de Minas et, se saisissant de la femme à bras le corps, il la jette dehors en la poussant vers le bosquet. Elle est abasourdie quand tous les trois arrachent ses vêtements et se jettent sur elle à coups de poing et de pied, veulent qui la sodomiser, qui se faire sucer ou bien la transpercer de devant. Elle halète en disant : « Qu'est-ce qui m'arrive ?… Qu'est-ce qui m'arrive ? »

Elle a encore sur elle son jupon rouge à volants larges, qu'elle retient des deux mains en esquivant les coups, et son chignon serré s'est défait en répandant ses cheveux gris sur ses épaules.

Elle est poitrine nue dans la lumière, et donne du talon dans une danse échevelée. C'est la Belle Otéro pressée par ses danseurs, trois jeunes toréadors, dans l'habit de lumière, qui a pour nom la « délinquance », qui n'a pitié de rien.

Force étonnante imprévisible et incanalisable et que rien ni personne ne peut jamais dompter, instinct félin incontrôlable qui se nourrit à la violence et à l'Amour. Quand aura-t-on fini de vouloir t'étouffer, quand ceux qui te possèdent dans leurs veines tiennent la Vérité, avec la punition du monde.

Parce que la Délinquance, c'est la récolte pure de diamants chatoyants dans une société de terre glaiseuse, aussi abjecte et ramollie que ce derrière de tout à l'heure, que j'ai vu s'effondrant sous les coups du poignard magnifique.

Les voyeurs, comme des mouches, attirés par le spectacle, nous entourent avec des yeux dardés, gris, se confondant avec l'écorce, disparaissant dans un bruit de feuilles froissées, comme des lézards, silencieux, emportant des images.

JOË BOUSQUET

LE CAHIER NOIR

1989

Avec Joë Bousquet (1897-1950), qu'une blessure de guerre reçue en 1918 condamna le reste de sa vie à l'immobilité du lit, paralysé du bassin aux pieds, nous abordons dans Le Cahier noir *le domaine étrange et douloureux de l'érotisme obsessionnel.*

Le lyrisme est là pour cacher – et sublimer – la frustration. La poétique exacerbée prend le relais pour chanter ce que l'impuissance cruellement imposée n'est capable que de rêver. Ici, nulle réalité, nulle description clinique, nulle crédibilité : juste un cri d'homme révolté que sa blessure condamne à ignorer à jamais les joies de cet érotisme qu'il ne peut qu'imaginer.

On pourra trouver chez Bousquet quelque analogie avec Sade : chez ce dernier, la démesure – en participants, en perversions, en atrocités – finit par anesthésier tout érotisme, tant ces excès inconcevables sont loin d'une probable réalité ; chez Bousquet, c'est l'excès de lyrisme et l'espèce de naïveté des descriptions qui désamorcent l'émotion, évacuant toute excitation sexuelle au seul bénéfice d'un exercice de style.

C'est alors que j'entrepris de l'initier et que l'ayant amenée pour cela au fond du parc où les feuillages étaient fort épais, je lui soulevai sa robe un jour, et après avoir écarté la fente de sa culotte, je l'installai à genoux devant moi comme si elle avait dû s'attendre à être, une fois de plus, fessée.

C'était ahurissant de voir toute sa naïveté me sourire et se revêtir d'une sorte d'expression pudique dans cette croupe d'une blancheur éclatante et qui vraiment semblait se faire un voile dans le fourmillement de la lumière et dans la caresse du vent. Je m'approchai d'elle, et après m'être agenouillé entre ses jambes, j'écartai ses fesses qui laissaient apparaître dans un sillon brun une minuscule ouverture rose où je me mis en devoir d'introduire mon doigt. Cette tentative ne sembla pas l'alarmer. Je sentis seulement cette rosette se crisper légèrement et me presser avec force le doigt qui y pénétrait. À peine fus-je venu à bout de ma tentative que par des allées et venues régulières je m'efforçai d'allumer dans ses entrailles le feu qui couvait dans les miennes. Quel spectacle : ainsi poussée et forcée dans le lieu le plus intime de sa pudeur, elle semblait ensevelie dans une image purement voluptueuse, mais c'est de ce qu'elle introduisait dans cette image, c'est des bases que cette image donnait au fond de ma chair à son être de beauté que naissait cette volupté incroyable dont je me sentais envahi. Elle m'aidait, maintenant, semblait prendre du plaisir à se sentir pénétrée et comme meurtrie dans sa chair qui n'avait trouvé jusqu'ici mes regards que dans ses déchirements qui les avaient tirés un à un comme des flèches de sa chair meurtrie. Alors j'insistai, me faisant un plaisir de voir vivre sa croupe, d'y lire une sorte de fable où la lumière devinait des pensées et chantait pour ainsi dire les louanges de son ignorance. C'est alors que je me sentis étrangement animé moi-même et que je souhaitai de la posséder tout de suite afin d'avoir mon regard ouvert dans la rencontre où sa chair déchirait son âme d'enfant sur l'éclair de ses profondeurs. Sans lui permettre de se relever,

je pointai mon sexe que j'avais sorti contre la minuscule ouverture et par de légères pressions, commençai à introduire la pointe dans l'ouverture ronde que ses fesses m'offraient. À peine eut-elle compris que, sans doute, sous l'effet de la douleur, elle fut prise dans tout son corps d'une grande convulsion. Il lui semblait, me dit-elle ensuite, que sa nudité sentait la lumière s'envoler d'elle et qu'elle était comme enterrée soudain par une brutalité qui l'opérait jusque dans le fond de ses pensées. Cependant elle me déclara que la douleur avait comme un sillage de lumière dans son amour. Elle se sentait découverte par cette douleur nouvelle et ouverte comme un fruit à la fraîcheur dont sa chair était l'astre et le sourire aérien.

Elle se sentait comme éveillée dans sa croupe à l'activité qu'elle pouvait favoriser et cet effort que je faisais pour me loger en elle lui semblait donner une racine à son amour pour moi. [...]

C'est ainsi que lorsqu'on sodomise celle qu'on aime on se pénètre en elle de toute la matière dont on est bâti. Ce double globe de chair qu'elle tourne vers nous aveugle en lui l'image que nous nous faisons d'elle, ne nous retourne que le large éclair endormi dans lequel la lumière a fermé la bouche des vents. Découvrir devant nous toute l'impudeur de ses fesses c'est l'obliger à se dépouiller de son âme au fond de nos yeux, à se noyer dans la transparence de sa chair.

CLÉMENT BRUNOY

SALYNE

1969

Ce roman fut édité en 1969 par Régine Deforges à L'Or du Temps, avec un texte de présentation nous « informant » : « L'auteur de Salyne tient à cacher son grand talent d'écrivain sous un pseudonyme. Qu'il nous soit permis de dire ici, cependant, que d'autres héroïnes dont il a assumé la paternité sont aussi célèbres dans les livres qu'à l'écran. » *Voilà !*

Ce Salyne fut suivi de quelques autres (Salyne à Londres, Salyne en Grèce...).

Salyne, violoniste de cabaret, est une jeune femme libre et jolie (évidemment) et qui (évidemment aussi) adore faire l'amour. Ce jour-là, avec sa dernière conquête, elle se trouve dans une chambre d'hôtel un peu spéciale. Par une glace sans tain, tous deux peuvent contempler le spectacle que leur offre la chambre voisine. C'est d'abord un couple de jeunes hommes...

Ils s'embrassent comme un couple normal. La main du jeune caresse le cou de son partenaire, puis il lui embrasse la poitrine ; je ne vois plus son sexe. Est-il dressé ? Il se laisse faire et soupire. Le jeune se décide enfin à se débarrasser de ses vêtements ; il le fait sans quitter sa position, avec une certaine hâte, Il enlève sa chemise, la jette par terre, il porte une chaîne autour de son cou. Il me cache toujours le sexe de son ami, s'il reculait un peu je le verrais… Ils échangent des baisers interminables. L'un est nu et l'autre a gardé son pantalon. Ils ont changé d'avis ; celui qui est nu se lève et je vois tout de suite son sexe ; il est dressé ! Un sexe normal, bien gonflé, une belle érection. Ils ont quitté le lit. Le plus grand s'agenouille et déshabille son ami. Comme il ne porte que son pantalon, l'opération dure une minute. Il porte un slip rouge à travers lequel je devine la forme de son sexe. Il ôte le slip. Par malchance, il me tourne le dos, je vois ses fesses. Celui qui s'est agenouillé avance la tête et je ne vois plus que cette tête qui bouge sur le sexe de son ami… Je ne pensais pas que c'était un spectacle aussi excitant ! Je ne m'y attendais pas. Au bout de cinq minutes, il se relève et pour la première fois, je les vois entièrement nus de face. Le sexe du jeune est en érection ; il est plus petit mais la grosseur du gland m'étonne. Pour moi, les homosexuels n'avaient pas de sexe ou si peu… Je me demande la raison pour laquelle ils sont ensemble ; une perte pour la gent féminine ! C'est le jeune qui s'est étendu maintenant sur le lit, et l'autre vient se mettre contre lui comme s'ils allaient faire l'amour normalement. Il lui donne des coups de hanches et, de temps en temps, j'aperçois leurs sexes qui se frictionnent. Ils s'excitent de plus en plus, les gestes deviennent fébriles. La main du jeune atteint la poire qui se trouve au-dessus du lit, il éteint la lumière, juste au bon moment… Mais il y a un dieu pour les voyeurs ! La pièce n'est pas sombre. Tout à l'heure, en se peignant devant la glace, il avait allumé le néon du lavabo et lorsque mes yeux s'habituent à la demi-obscurité je trouve la scène encore plus érotique.

Mon Portugais est maintenant attentif. Il se tient debout près de moi et regarde. Il m'a oubliée. Pas moi… Je me rattraperai tout à l'heure.

Le plus jeune lèche le sexe de son ami. Je me demande ce qu'il doit éprouver ? Des légendes circulent à propos de cette caresse entre hommes ; il paraît qu'aucune femme n'est capable de donner un tel plaisir à un homme. Est-ce vrai ? Est-ce faux ? J'ai fait l'amour avec une fille et je trouve qu'un homme est plus vicieux, sa langue est plus râpeuse…

Ont-ils joui ? Ils sont étendus sur le dos, leurs sexes sont toujours dressés. Celui du jeune penche un peu à cause de la grosseur du gland. Ils se parlent. Ils transpirent. Ils halètent. Ils sont à trois mètres de moi. Le jeune s'est retourné. Ses fesses sont rondes. Son ami les caresse, longtemps, puis se rapproche. Je vois son sexe et je me crispe. Il le frotte sur la fente et pose ses mains sur le ventre de son compagnon. Un coup de rein, et je vois disparaître le sexe. Il se tient immobile, puis embrasse le cou de son ami. Le mouvement est imperceptible, il faut regarder attentivement ses hanches pour les voir bouger. On dirait deux statues. J'observe le sexe du jeune qui s'est dressé davantage. Il le prend dans sa main et le branle, sans hâte, comme s'il avait tout son temps. Je croyais que les homosexuels se comportaient plus brutalement ; maintenant, je connais leurs façons d'agir. Ils ne m'intéressent plus. Par contre, j'ai une envie folle de faire l'amour. Je quitte ma chaise, je me déshabille et je me mets sur le lit. Le Portugais me regarde et commence à se déshabiller. La lumière est éteinte. Il vient près de moi, il commence à poser ses lèvres sur mes cuisses mais j'ai trop envie d'un sexe ; j'attire sa tête contre la mienne et je l'embrasse ; j'allonge ma main et j'attrape son sexe. Pas envie de fantaisie, mais une envie folle d'être pénétrée. Je l'introduis dans mon sexe. À peine l'ai-je senti que je jouis tout de suite, une jouissance qui me coupe le souffle… !

JEAN BRUYÈRE

ROGER
OU
LES À-CÔTÉS DE L'OMBRELLE
1926

Réédité en 1979 par Jean-Claude Simoën, puis en 2000 par La Musardine, ce petit livre datant de 1926 et qui était devenu introuvable conte les expériences sexuelles de Roger, jeune peintre des « Années folles ». Des expériences sexuelles qui demeurent très superficielles. Car Roger « ne prend son plaisir qu'à celui que ses caresses procurent à ses partenaires ». *Il est acteur ou spectateur, mais du plaisir de l'autre. Ou voyeur, comme dans cette scène ou il assiste aux plaisirs de Palomella, surnommée La Solitaire (*« Dans les quartiers de Toledo on ne baise pas Palomella. C'est une fille d'imagination : on ne la baise pas, elle se baise. »*)*

Les mots accompagnaient la caresse de la fille. Reins tendus, la tête renversée sur les coussins, elle avançait un doigt crochu qui défrisait ses crins, soulevait les roses des lèvres, énervait la chair. Nous la vîmes comme en se jouant

tirer les grandes puis les petites lèvres, les séparer, les recoller ensemble ; ses doigts parfois, jusqu'aux dernières phalanges, s'enfouissaient dans la grotte. Elle avait cette horrible audace, alors, de nous sourire et de nous fixer ; et de humer sous nos yeux l'odeur salée qu'elle avait extraite de ses profondeurs. Puis, prenant des chemins plus détournés, elle gagnait ses reins, glissait dans la fente grasse et joufflue qui les prolonge ; et comme par une traîtrise nouvelle se pénétrait elle-même par ses deux bouches secrètes, s'en plaignant, accusant son sacrilège en roucoulant les « carina, carina » des filles de Naples quand l'amour les secoue.

Les jeux de la fille s'achevant, l'auteur conclut joliment :

« Nous fûmes tous saisis d'un grand respect quand la joie s'empara de la solitaire. »

JACQUES CELLARD

FLORA LA BELLE ROMAINE

1985

Édité en 1985 chez Balland, ce livre se prétendait alors la traduction d'un manuscrit retrouvé d'une certaine Flora, qui exerça le noble art de la courtisanerie dans la Rome du troisième siècle avant notre ère. Une telle supercherie, bien entendu, ne trompe personne (et n'en eut probablement pas la prétention) : il s'agit là assurément de l'œuvre d'un écrivain contemporain qui s'est amusé (en nous amusant) à un « à la manière de », renouvelé de Pétrone ou de Martial. Et, de fait, c'est Jacques Cellard, auteur des Petites Marchandes de plaisir, *qui assuma par la suite la paternité de cette pseudo-confession.*

Pierre Louÿs, bien avant lui, s'essaya avec bonheur à ce genre d'exercice de style. Mais ses Chansons de Bilitis, *prétendument traduites du grec ancien, abusèrent quant à elles plus d'un de ses contemporains.*

Atalante leva alors ses jambes admirables et les plaça sur les épaules de son amant, qui lui faisait face. Hippomène la saisit aux hanches, et la pénétra profondément. Elle jouit une pre-

mière fois presque aussitôt, tant elle était amoureuse, et joignit ses pieds derrière la nuque d'Hippomène pour le retenir en elle.

Ce n'était pas encore bien méchant. Après tout, que fait d'autre le Père des dieux, quand il a rangé sa foudre ? Il baise, il fout et il encule tout ce qui passe à portée de sa queue divine, femmes, filles, garçons, mortels et Immortels.

Cependant ce plaisir ne suffisait pas à Atalante qui était, je te l'ai dit, fort amoureuse ; et son mari était le premier homme qu'elle connût dans sa chair. Elle profita de l'ivresse voluptueuse d'Hippomène pour soulever imperceptiblement ses reins, en s'aidant de ses jambes. La bague d'Hébé se trouva donc un instant là où était l'instant d'avant la conque de Vénus, et la queue d'Hippomène s'y trompa : au mouvement suivant, elle pénétra la bague au lieu de la conque.

Atalante avait joui une seconde fois ; l'isthme et le petit port étaient abondamment mouillés de sa liqueur, si bien qu'il ne sentit pas la différence. Ou bien, ce que je crois plutôt, il la sentit et se prêta au jeu.

Tous deux le trouvèrent plaisant :

Un coup à Rome, un coup en Grèce,
Enchante le ventre et les fesses

dit le proverbe, et il dit bien.

MARC CHOLODENKO

HISTOIRE DE VIVANT LANON

1985

Révélé en 1974, comme auteur érotique de haute volée, avec Le Roi des fées *(paru chez Christian Bourgois), Marc Cholodenko (né en 1950) poursuivit sur sa lancée avec cette* Histoire de Vivant Lanon *(Éditions P.O.L.,1985) qui nous conte l'initiation amoureuse d'un jeune homme, à base d'angoisses et d'humiliations, tribulations érotiques qui n'ont rien à envier à celles d'un certain Sacher-Masoch.*

Il a reçu le prix Médicis en 1976 pour Les États du désert.

Dans le passage suivant, nous assistons à une rare scène de sodomie où l'officiant est une officiante, et godemiché et appareil photo les objets d'un culte très pervers.

« Vous avez notre… petit camarade ? »

Elle avait son appareil avec elle. Je fus un instant sans comprendre. Peut-être parce que je ne voulais pas comprendre à quel point elle avait peu de pitié de mon état et de considération pour ma personne. Ah oui, le « petit camarade », c'est ainsi qu'elle appelait ça.

Je me levai brusquement de mon lit et allai le chercher dans la salle de bains. Quand je revins, elle était assise sur le lit. Je jetai le sexe à ses pieds.

— Le voilà notre petit camarade, dis-je en essayant de garder mon calme.

— Oh ! Vivant…

Elle avait l'air extrêmement peiné et surpris. Elle semblait si réellement désarmée devant mon acte que du coup il prit l'apparence d'une méchanceté gratuite. J'en fus complètement décontenancé. Elle baissa alors la tête, on aurait dit qu'elle allait pleurer. Elle se pencha et ramassa l'objet. Mais elle ne le tenait pas comme un objet. Elle avait la main refermée autour de la verge comme si c'était un véritable sexe de chair. J'étais bouleversé par cette vision. Elle tendit le bras dans ma direction. J'allai jusqu'à elle, saisis le sexe par le bout pour le lui prendre mais elle résista. Elle dit, l'air doux et un peu triste : « Il faut le préparer d'abord, non ? », et elle baissa le bras jusqu'à ce que son coude repose sur son genou.

Je m'agenouillai et pris le sexe dans ma bouche. J'essayai de toucher ses doigts avec mes lèvres mais sa main était trop loin, je ne réussis qu'à me donner un haut-le-cœur. Sans doute prit-elle cela pour un excès de zèle car elle dit : « Ne vous faites pas de mal, Vivant. Attendez, je vais vous aider. Restez immobile, c'est moi qui vais bouger. »

Et elle commença à faire aller et venir le sexe dans ma bouche comme s'il était à elle, comme si elle s'y branlait. Instinctivement, je portai la main à ma braguette. Elle eut un sursaut en voyant mon geste et elle cria presque :

— Non !

Puis elle continua plus doucement :

— Non, je n'ai pas envie.

Je me reculai si vivement que je tombai sur les fesses.

— Vous n'avez pas envie ?

Je fus surpris par le ton de ma voix, qui était franchement haineux. Je répétai :

— Vous n'avez pas envie ? Et moi, j'ai envie de faire tout ça ?

Elle parla vite, l'air agacé et comme on règle un problème sans importance :

— Vivant, vous savez bien que ce n'est pas pour vous que vous le faites. C'est pour moi.

Je restai sans voix, la regardant d'un air qui devait être stupide. N'était-ce pas en effet la pure vérité ? Que pouvais-je répondre à cela ? Elle dut lire cette pensée sur mon visage, car elle reprit, encore plus assurée, mais plus gentiment :

— Allez, tournez-vous et enlevez votre pantalon.

Je fis comme elle disait. Je jetai le pantalon loin de moi. J'entendis l'appareil.

— Mettez-vous à genoux.

Je me mis doucement à bander.

— Non, les genoux bien écartés.

Je bandais maintenant au maximum.

— Posez la tête par terre et écartez-vous.

Mon sexe était à présent parfaitement visible pour elle. Elle prit une seconde photo puis je sentis le bout du godemiché contre mon anus et j'écartai mes fesses aussi fort que je pus en poussant une sorte de cri sourd qui me surprit.

Elle l'enfonçait, elle le mettait de sa propre main. Si c'était elle, oh oui, alors j'en avais envie, j'en avais besoin. Je m'ouvris d'un coup. D'un coup il pénétra jusqu'au bout. Je criai. Il y eut de nouveau le bruit de l'appareil et ensuite j'entendis ma voix.

— S'il vous plaît, laissez-moi, laissez-moi…

— Vous branler ? me coupa-t-elle, si vous voulez.

Comme je m'empoignais, j'entendis le bruit de la porte qui se refermait.

RÉGINE DEFORGES

CONTES PERVERS

1980

Libraire, relieuse, éditrice puis écrivain, Régine Deforges fut de tous les combats contre les censures, contre les interdictions, contre les hypocrisies.

Dans la préface de Lola et quelques autres *(paru chez Fayard en 1983), elle se dit convaincue que* « tout écrivain devrait écrire son érotique », *ajoutant qu'il* « y apprendrait bien des choses sur lui-même et sur son travail ». *Une assertion à laquelle nous souscrivons pleinement, tant il est vrai qu'il n'est souvent pas d'autre exutoire à certains fantasmes que l'écriture…*

« Les Amants de la Forêt noire », l'un des Contes pervers *édité chez Arthème Fayard en 1980, est un pur chef-d'œuvre du genre, écrit dans un rythme haletant, au réalisme éprouvant. C'est, d'un bout à l'autre, le récit d'un viol qui s'achève d'une façon particulièrement atroce.*

Une grande gifle assomma à moitié la pauvre Carole. Éric profita de son étourdissement pour l'allonger sur la table en repoussant les reliefs du dîner. Intéressés, les trois

autres hommes s'approchèrent, emmenant avec eux Barbara qui n'opposa aucune résistance. Bon camarade, Peter proposa ses services pour immobiliser la fille.

— Vas-y, Frantz… On te la tient.

Sans se presser, Frantz versa sur le buste dénudé un verre de champagne et lapa le liquide à petits coups. La pointe des seins de Carole se dressa.

— Regarde, Wilfrid, elle aime ça, la salope !

L'insulte lui donna des forces, elle échappa aux mains de Peter. Son mouvement fut stoppé par la pointe d'un couteau.

— J'aime pas qu'on me dérange quand je bois… Bouge plus, petite, sinon je te saigne…

Une petite goutte de sang apparut sous la pointe du couteau.

— Laissez-la ! Prenez l'argent, prenez les bijoux, mais laissez-la !

— Elle nous croit mercantiles ! Et l'amour, que fais-tu de l'amour ?

— Pour le fric, t'inquiète pas… On le prendra après, ricana Éric.

Posément, avec son couteau, Frantz fendit la robe de Carole. Elle était nue à l'exception d'un minuscule slip de dentelle blanche qui, comme la robe, fut coupé avec le couteau. Sans se départir de son calme, il fit glisser la fermeture de son pantalon de cuir, attira à lui les hanches de Carole et la pénétra avec lenteur. Carole tenta d'échapper au sexe qui la fouillait, mais la pointe du couteau, qui s'enfonçait dans son sein, eut raison de sa résistance. Le visage inondé de larmes, elle secouait la tête de droite à gauche.

Barbara, immobile, regardait son amie se faire violer. Rien ne bougeait dans son beau visage, rien, sauf une larme qui glissa lentement et se perdit dans le pli de sa bouche. Après un grognement, Frantz se redressa, Wilfrid prit sa place. Carole eut un mouvement de recul et de dégoût. Oh ! non, pas celui-là… Cette espèce de géant albinos à la bouche pourrie, au visage déformé par la boxe ou un accident, Wilfrid avait l'air d'une brute demeurée.

De son énorme patte, il la rallongea sur la table et s'enfonça en elle avec un « han » de lutteur. Carole cria. Les hommes rirent.

— Ah ! Wilfrid, c'est pas un mâle pour les pucelles !

— Fais un effort, petite ! Une queue comme ça, ça compte, dans la vie d'une femme !

— J'suis sûr qu'c'est la plus grosse d'Allemagne.

— Ça compense sa petite tête !

— Allez, camarade, encore un effort !

Ainsi encouragé, Wilfrid réussit à forcer le ventre brûlant. Quand il se retira, son sexe était teinté de sang.

« Petite nature… »

Souillée, une main sur son sexe endolori, Carole gémissait. Éric la souleva par les cheveux et la retourna.

— Oh le beau cul ! C'est comme ça que je les aime… bien ronds, bien serrés. Pas souvent servi celui-là…

Le gardien de Barbara, grand garçon roux, silencieux, sentit le corps de sa prisonnière se raidir contre lui.

— Allons, ne bouge pas. Tu vas voir comme elle va aimer ça ta copine ! Ça va la changer de vos habitudes de gougnottes.

— J'y arriverai jamais, elle est trop serrée, la garce. Toi, viens me sucer ! Amène-la, Rodolphe !

Barbara s'avança d'elle-même, le regard fixe. Elle s'agenouilla devant Éric et prit le sexe tendu dans sa bouche.

— Ça suffit ! Tu vas me faire jouir… C'est dans l'cul de ta bonne amie que je veux jouir. T'as rien contre, j'espère !

D'une brusque poussée, il pénétra les reins de Carole, qui se redressa en hurlant. Il la rabattit sur la table d'un geste brutal et saisit les longs cheveux blonds de Barbara, qui était restée à genoux.

— Regarde bien, regarde bien… Je la défonce, ta pute. Regarde… C'est pas beau une bite qui encule ? Ahhh…

Il lâcha les cheveux de Barbara et s'écroula, agité de soubresauts, sur le corps immobile.

Le vent s'engouffra par la fenêtre défoncée, faisant voler les cheveux de Barbara. Puis ce fut le tour de Rodolphe. Il

dégageait une odeur insupportable, faite de crasse, de relents particuliers à certains rouquins. Il souleva Carole et la fit glisser sur le sol ; elle s'effondra à ses pieds comme une poupée de chiffons. Barbara s'avança vers elle, lui prit la tête et la serra contre elle sans rien dire. Comme à regret, Carole ouvrit les yeux et, voyant son amie penchée sur elle, tenta de sourire.

— Ils sont partis ? demanda-t-elle d'une petite voix craintive.

— Pousse-toi de là, grognasse ! dit Rodolphe en repoussant Barbara, dont la tête rebondit contre le marbre de la cheminée.

ROBERT DESNOS

LA LIBERTÉ OU L'AMOUR

1927

Publié chez Kra, en 1927, avec quelques pages « blanchies » par l'éditeur lui-même (et non, comme l'a prouvé Pascal Pia, par jugement du tribunal), ce texte fut réimprimé en 1962 chez Gallimard dans sa version intégrale.

René Bertelé, qui présida à cette réédition, écrivit dans le texte de présentation de la quatrième : « Le merveilleux, comme jamais, fait passer d'un bout à l'autre sa haute charge, toute vibrante d'une longue et passionnée revendication : celle de la liberté de l'amour. Mais l'amour – que certains appelleront ici l'érotisme comme s'il y avait solution de continuité entre l'un et l'autre – n'est-il pas l'essence même de tout merveilleux ? »

Imaginez, messieurs, l'émoi d'une femme robuste et fière et hautaine, d'assez grande taille, réduite à l'impuissance et qu'un jeune homme sodomise avec précaution, sans l'avoir complètement déshabillée. Les jupons et la jupe font bourrelet entre le ventre et la croupe. Le pantalon descendu aux genoux, les bas de soie plissés consti-

tuent un désordre adorable. Par-devant, les vêtements tombent presque normalement. Là où ils commencent à se relever on distingue un peu de chair blanche et, dans la pénombre du linge chiffonné, on devine le profil des fesses. Le jeune homme, après avoir lubrifié la chair ferme, écarte les deux fesses. Il pénètre lentement avec tendresse et régularité. Un émoi nouveau tourmente la patiente, une humidité révélatrice du plaisir apparaît. Avec une cuiller d'argent, une petite fille recueille délicatement ces larmes sacrées et les dépose dans un petit pot de grès rouge, puis, s'introduisant, grâce à sa faible taille, presque entièrement sous les jambes du couple, elle ne laisse perdre rien de la semence qui mousse autour du membre qui s'agite. Quand l'amour, tango superbe, est devenu une tempête de cris et de sanglots, elle recueille au bord de l'ourlet une neige tiède et odorante ; quand l'orifice est bien net, elle y applique sa bouche, minuscule et rouge ventouse. Elle aspire longuement, mélange intimement à sa salive et le pot de grès reçoit encore cette mixture. Pour terminer, la femme agenouillée laisse l'enfant recueillir ses larmes de honte, de colère, de joie, de fatigue.

FELLACIA DESSERT

LA PREMIÈRE GORGÉE DE SPERME, C'EST QUAND MÊME AUTRE CHOSE

1998

Paru aux éditions Blanche en 1998, ce savoureux « à la manière de » prenant pour cible le recueil de nouvelles de Philippe Delerm (La Première Gorgée de bière) *atteste à quel point un style bien typé prête aisément à la parodie.*

Dans un vieil arrière-train

Pas dans un de ces jolis petits culs fermes moulés dans des jeans ou des jupettes en stretch, non ! Pas même dans le postérieur empâté d'une femme mûre, ou dans les fesses ramollies d'une tante plus très fraîche. Non, non et non. Dans quoi, alors ? Dans un vieil arrière-train.

Tombant, celluliteux, fripé. Ce jour-là, on ne sait pas pourquoi, c'est de cet arrière-train-là qu'on a eu envie. Un arrière-train qui évoque tout à la fois l'odeur des pommes en train de sécher dans le grenier de grand-mère, et le puissant attrait des confitures qu'au siècle dernier,

dans notre tendre enfance, on allait voler tout en haut de l'armoire…

Car c'est ça, le cul de mémé : moche et ridé, il vous invite pourtant à la transgression – et à la politesse. Pas question de le pénétrer sans avoir d'abord dit bonjour, ne serait-ce que du bout des lèvres. Bien sûr on est un peu intimidé, on ne voudrait pas être importun. Pourtant, quand il faut y aller, il faut y aller. On ferme les yeux, on fonce, on s'enfonce… Miracle ! Comme dans du beurre ! Car c'est bien vrai que c'est dans les vieux pots… Une fois lâchée la marmelade, on se retire, tout sourire. Dire que c'eût été meilleur encore en roulant dans un vieux train ! Pas dans un TGV, non ! Dans un de ces vieux trains qui vous secouent les vieux fessiers comme un gode géant.

RENÉE DUNAN

COLETTE
OU
LES AMUSEMENTS DE BON TON

1936

Renée Dunan fut assurément une femme bien étonnante et mystérieuse.

Jusqu'à ses dates de naissance et de décès (1892-1934 ?), fort sujettes à caution. Car ses biographes se demandent si elle ne fut pas aussi ce Georges Dunan, décédé lui en 1944, et qui se prétendait le continuateur et le véritable auteur de l'œuvre de Renée. L'intéressant mystère demeure.

Quoi qu'il en soit, on peut affirmer que Renée Dunan fut pour le moins une personnalité digne d'intérêt. Écrivain, journaliste, critique, poétesse, elle publia énormément, et sous de nombreux pseudonymes, des romans, des essais, des livres érotiques, des policiers, de la science-fiction… Dadaïste, anarchiste, militante féministe et pacifiste, elle fut, véritablement, à une époque où les femmes n'avaient pas encore le droit de vote, une femme authentiquement libre, assumant pleinement sa sexualité.

Sa production littéraire est aussi abondante qu'éclectique. Citons, en vrac, quelques titres, bien révélateurs d'une féconde

imagination : Les Jeux libertins, Les Amants du diable, Le Chat-tigre du service secret, La Dernière jouissance *(roman S.F.),* La Culotte en jersey de soie, Le Brigand hongre, La Chair au soleil *(roman naturiste),* Entre deux caresses, Le Prix Lacombyne…

Dans l'étonnant roman Baal, ou la magicienne passionnée, *dont les thèmes sont aussi bien l'alchimie que l'hyperespace, figure cette phrase, qui s'applique à la magicienne Palmyre, l'héroïne de l'histoire :* « C'était une femme extraordinaire, peu compréhensible, pleine de secrets et de vices étranges. » *Une telle description ne s'adapte-t-elle pas parfaitement à Renée Dunan elle-même, femme complexe et insaisissable, d'une riche sensualité, et aux si multiples vies ?*

Colette ou les Amusements de bon ton *parut en 1936 sous le pseudonyme de Spaddy, que Renée Dunan utilisera à plusieurs reprises. Nulle retenue, nulle métaphore soigneusement enrobée dans ce texte d'une* « obscénité directe et allègre » *selon la juste expression de Jean-Jacques Pauvert qui le cite dans son* Anthologie historique des lectures érotiques.

Personnages : Colette et son amant (le narrateur) et René, adorable adolescent dont la « goule » entreprend l'éducation fort peu sentimentale. Éducation à laquelle l'amant de Colette, non insensible comme on va s'en rendre compte aux charmes d'un joli « con masculin », n'hésitera pas à prêter vit fort !

— Voyons, observai-je, tu ne vas pas te faire monter par un môme qui n'a que du lait dans les couilles !

— Mais si, mais si, s'obstinait la goule. Je veux qu'il me baise devant toi… hein ! mon petit, que tu vas me baiser ? Allons, bande ! Tu verras si c'est bon de mettre sa qué-

quette dans un con de femme ! Puisque t'oses pas avec ta mère, c'est moi qui vais te régaler !… Seulement, bande, petit couillon… D'abord, foutons-nous à poil !

Là-dessus, son peignoir glissa à terre et en un clin d'œil elle eut déshabillé René, pendant que je me mettais aussi en costume d'Adam.

— Ah ! le beau gosse ! Voyez-moi comme c'est tourné ! s'extasiait-elle ; cette peau fine, ces cuisses rondes et ces fesses !… Non, mais regardez-moi ces fesses ! Est-il cambré ce petit cul là ! Ah ! que j'y mettrais bien mon gode !…

Elle le tripotait, le tapotait, insinuait un doigt dans la raie, chatouillait le trou foncé, tournait et retournait le gamin entre ses mains sensuelles qui en pétrissaient avidement tous les charmes.

Je regardais la silhouette droite et fine de René se découper sur une glace où il semblait lui-même prendre plaisir à mirer sa grâce efféminée.

— Oh ! cet amour de tapette ! répétait Colette, plus allumée que jamais. Une vraie gosseline !… c'est tout juste si ça a un vit ! que même, je vais y trouver le goût de la Claudine, tu sais, la môme qui, à la pension, me foutait avec son clitoris… Mais il faut l'avoir plus raide, mon petit ! Viens, que je te l'émoustille !

Elle le courba contre un fauteuil, lui éparpilla quelques bonnes claques sur les fesses qu'elles marbraient d'un rose vif. Sa rage passionnelle s'excitait aux remous de la jolie croupe sous les volées crépitantes qu'elle y décochait.

— Oh ! ce cul ! ce cul !… s'exclamait-elle, on en mangerait !

Elle se baissa, mordit à pleine chair, et plongea sa langue dans la raie. L'autre ronronnait doucement sous les titillations.

— Ah ! petit cochon, ça te réveille !… Montre un peu si tu bandes.

Debout, tourné vers elle, il lui pointa son vit à hauteur de la bouche.

— Oh ! ce chibre mignon ! Tiens, mon gosse, plante-le dans ma bouche !

Il tendit son ventre et plongea entre les deux lèvres coralines qui s'ouvraient pour le recevoir.

Je m'avançai alors, et prenant René par la taille, je lui mis ma queue en main. Sans que j'eusse à l'en prier, il se mit à me faire ça avec toute la légèreté et le savoir d'une longue habitude.

Je m'écriai, tout ravi de sa dextérité :

— Ma parole, une tante de Montparno n'a pas la main plus douce !

— Bougre, ne jouis pas, intervint Colette, je veux que tu l'enfiles !… N'est-ce pas, mon chou, que tu veux lui prêter ton petit cul ?

— Oh ! c'est sans façon ! acquiesça-t-il avec simplicité.

— Es-tu seulement puceau de ce côté ?

— Oh ! puceau, cousine, je ne saurais dire, quoique frère Epagathe m'assure qu'il ne me le met que sur les bords !

Aveu dénué d'artifice qui dissipa mes derniers scrupules.

— Eh bien, mon cousin, repartit Colette dans un éclat de rire, tu auras la douceur de perdre à la fois tes deux pucelages… Viens, chéri, viens jouir !

En fouteuse fantaisiste qui trouve un raffinement à l'incommodité des postures, elle se renversa de dos sur un grand pouf de satin rouge fort bas, assez large pour recevoir sa croupe exquise. Les bras ballants, les seins pointés par la cambrure de son buste à moitié rejeté hors du siège, la tête pendante, elle offrait son ventre d'albâtre dans le voluptueux évasement de ses cuisses qu'elle avait repliées contre ses flancs.

— Va, chérubin, dit-elle, va, enconne-moi !… Vois comme je te la présente bien, ma vulve !

Je poussai rageusement le gosse contre les belles fesses à demi retournées, je lui pris moi-même le vit et fichai le gland dans le milieu de la sente poilue.

— Eh bien ! allons, donne un coup de cul ! lui dis-je.

La queue pénétra avec aisance, non sans arracher un cri d'émoi à Colette.

— À présent, ajoutai-je, ne bouge plus, que je cale ma pine dans le cul.

Je lui ployais l'échine, mes jambes entre les siennes.

— Cambre-toi bien… encore… comme une chienne…

La croupe se creuse, arrondit sa saillie ravissante ; j'écartai les deux fesses teintées de rose et la tête de ma verge une fois abouchée au gentil pertuis, je fis aller mes reins.

— Tiens ! mon René, que je te perce ta pièce de dix sous…

— Aïe !… aïe !… hurla le gosse sous la vigueur de mon effraction.

— Encore un peu, mon gros… tiens !…

D'un second branle je le pénétrais entièrement sans pitié pour ses cris. En l'enserrant dans les cuisses de ma maîtresse auxquelles je m'agrippai :

— Te voilà dépucelé et enculé, dis-je. À présent, baise, je me réglerai sur tes coups de ventre.

— Oui, va, soupira Colette qui lui avait enlacé le cou de ses bras. Fais-moi ça gentiment, petit mignon… Est-ce bon, dis-moi, mon con… un joli con de cousine ?…

Elle avait posé un de ses talons sur l'épaule de René, qui, ventre à ventre, la tenait de ses deux mains par-dessous les fesses.

Moi, en un étroit emboîtement aussi du cul juvénile, je le sodomisais sur le même rythme dont le gamin allait et venait dans le con de ma chère maîtresse. Mais, dans mon dépit qu'il m'en disputât ainsi la faveur, j'eusse voulu lui rompre l'anus ; et bientôt je m'emportais à une pédication si violente qu'il en cria de douleur.

— Baise-la donc !… baise-la donc !… lui disais-je, les dents serrées du spasme qui montait. Baise-la, ma garce !… tu ne vois donc pas qu'elle râle et qu'elle attend ton foutre !

Effectivement, Colette était déjà dans les convulsions de l'extase. Son ventre bondissait ; ses souliers de velours rose qu'elle avait croisés maintenant sur la nuque de René, me cognaient la figure de leurs frétillements et excitaient ma rage lubrique par le défi qu'ils me jetaient de son plaisir.

— Va !... va !... clamait-elle dans l'alternance de ses interjections de bonheur ; va, mon loup... donne-m'en de ta petite bite de gosse... Pique... pique... ah !... ah !... sur les bords, mon petit... sur les bords... c'est si bon !... ah !...

Redoublant la vigueur des secousses dont je l'ébranlais à travers le cul de ma tapette, je lui criais :

— Garce ! roulure ! chienne en chaleur ! mais jouis donc !

Elle suffoquait de plaisir.

— Oui ! oui ! ta garce !... dis-le que je suis ta garce !...

— Une putain de bordel ! et je te ferai enconner par tout un régiment !...

— Oui ! oui ! devant toi !... Ah ! ah ! je jouis ! je jouis !... va, mon gosse, va, pousse, pousse... Ah ! ah ! mais vas-y ! jouis... jouis donc !

Elle se tordait, dans la vaine attente d'un bonheur partagé, fustigeant le gosse dont elle happait à grands coups, de son conin en délire, la décevante virilité.

— Mais tu n'as donc pas de foutre ! clamait-elle.

J'étais à l'instant de jouir. Je dégainai brusquement. Je bousculais le fouteur impuissant, et saisissant Colette par les cuisses, avec l'âpreté farouche d'une jalousie mordue au sang, je la poignardai de ma mentule. Ma véhémence la fit hennir de joie et la cabra dans un sursaut de tout son être.

— Du foutre ! tu veux du foutre, salope ? Tiens, en voilà !

Et je n'avais pas fait plus de quatre navettes dans son con qui me brûlait comme braise, que j'y lâchai le flot de ma semence. Ma tête entre ses genoux ramenés sur les seins, mes mains à ses épaules, j'ahanais, scandant les secousses de mes reins :

— Tiens ! tiens ! gorge-t'en de mon foutre, que j'en fasse déborder ta fente !...

Quand je l'eus déconnée, je la relevai sur son séant, et plaçai René à genoux entre ses cuisses, la bouche à son conin tout écumeux. Et pendant qu'il gamahuchait la

chaude fille sous le ruissellement de la liqueur spermatique, je l'enculai, et cette fois jusqu'à complète éjaculation.

La fraîche beauté printanière de ce corps quasi insexué, l'illusion d'enculer une fillette aux apparences de garçon, l'étroitesse exquise de ce con masculin dont je cueillais la fleur, enfin l'exaltation de ma maîtresse à ce spectacle et les transports de son plaisir, me firent de cette copulation une jouissance des plus exquises.

SIMONE DUVERGER

LES AMANTS RAFFINÉS

Vers 1950

Un roman sans date, un auteur sous pseudonyme, un éditeur probablement bidon et une localisation idem (L. Aymé, Luxembourg !!), voilà qui n'est pas pour faciliter la tâche du chercheur…

Ce genre de roman érotique anonyme, imprimé par on ne sait qui et on ne sait où, n'a rien d'exceptionnel. Il y en a eu des tas dans les années 60-70. Celui-ci en est un parmi mille autres.

Seulement, il n'est pas insignifiant. On en jugera par l'extrait choisi. Bon, l'écriture n'a rien de transcendant (Quand même : « Vous plairait-il que je vous l'enfonce dans le postérieur ? »*, c'est pas si mal !), mais l'imagination ne fait pas défaut. Car on va assister à une petite orgie entre intimes où l'inversion est de rigueur : les deux hommes doivent s'habiller et se comporter en femmes, la femme en homme. Point d'orgue de leur petit jeu : lorsque l'un des protagonistes homme/femme (un ministre, tiens !) voudra se comporter en homme, il ne réintégrera pas son identité virile, mais s'affublera d'un membre postiche, devenant alors homme/femme/homme. Le troisième degré !*

Amusant bonus : une suite de vingt photos en noir et blanc réunies en fin de volume. Elles mettent en scène un trio quadragénaire et grassouillet – un homme et deux femmes – masqués par un loup, qui se livrent à des ébats gentiment libertins. L'auteur a-t-il payé de sa personne pour agrémenter ainsi son ouvrage, avec la complicité de son épouse et d'une voisine de bonne volonté venue prêter main forte ? Il est en tout cas plaisant de le supposer. (Tiens, après tout, c'est peut-être un roman collectif ?)

Mais Son Excellence semblait avoir besoin d'un spectacle plus original pour pouvoir décharger, car il retira sa queue du cul du secrétaire sans avoir fait gicler son sperme.

Cependant, mon amphitryon ne resta pas longtemps inactif, car il brûlait d'employer ses énergies.

— Maintenant, dit-il, je vous propose une petite scène de carnaval. Nous allons tous trois nous déguiser. Vous, Agnès, vous adopterez le costume masculin et pour cela, vous trouverez tout ce dont vous avez besoin dans la pièce à côté. Quant à vous, mon cher secrétaire, vous allez mettre une robe de soirée, ainsi que des sous-vêtements féminins.

— Et vous, Excellence ? demanda ce dernier.

— Comme vous, dit le ministre, je vais m'habiller en femme. Ces déguisements nous exciteront beaucoup.

— Bravo, fit le secrétaire, c'est une idée excellente, il n'y a que vous pour avoir de telles trouvailles !

Je me dirigeai donc, selon les ordres reçus, vers la chambre contiguë, où, dans une penderie, je découvris un choix considérable de vêtements masculins. J'enfilai une chemise d'homme, un pantalon et le veston assorti avant de mettre une perruque et des gants. Une glace me renvoya mon image et me permit de voir que j'avais l'air d'un parfait gentleman.

C'est alors que je fis mon entrée dans le bureau ministériel.

Quelle ne fut pas ma surprise en découvrant la métamorphose de mes deux compagnons. Le ministre avait revêtu une splendide robe d'après-midi en soie imprimée, fermée jusqu'au cou et ses jambes, recouvertes de fins bas, portaient des escarpins assortis à la couleur de sa robe. Comme sa tête était ornée d'une magnifique perruque blonde et que son visage était parfaitement maquillé, réellement on pouvait le prendre pour une créature du sexe faible.

Quant à son secrétaire, celui-ci n'était pas moins féminin, bien au contraire, car il était vêtu d'une superbe robe du soir en tulle bleu turquoise, au décolleté généreux obtenu par une paire de seins artificiels, qui faisaient néanmoins un effet des plus attrayants.

Je restai un peu stupéfaite par un tel changement. Tout à coup, le ministre me lança :

— Alors, mignon, tu viens ?

Sa voix éraillée était celle des putains qui accrochent un mâle.

Tout d'abord, je restai un peu interdite, mais vite, je repris mes esprits et c'est d'une voix très masculine que je répondis :

— Oui, poupée ! Sais-tu que tu es une ravissante blonde, qu'on aimerait baiser ? Tu me plais même terrible ment.

Et je m'approchai de Son Excellence.

Je le serrai contre moi tout en palpant ses soi-disant seins. Sentir sous le corsage féminin sa dure poitrine et plus bas, son ventre d'homme aux poils abondants, s'avérait très excitant.

Alors « elle » se colla à moi et fit glisser sa main entre mes cuisses.

— Quel dommage, me dit-elle, que vous n'ayez pas encore songé à mettre en place votre pine.

Entendant cette proposition, son secrétaire alla à un bureau, d'où il retira un sexe d'homme postiche qu'il me tendit.

Aussitôt, j'enlevai mon pantalon et me nouai autour des

reins le superbe god'michet d'une dimension respectable.

Le regard du ministre était déjà devenu lubrique, et me voyant pourvu d'une verge, il me murmura :

— Vous êtes vraiment le mâle qu'il me faut !

Le secrétaire n'avait pas bougé, mais on lisait dans ses pupilles que la petite scène l'attisait aussi beaucoup. Il s'approcha de nous :

— Et moi, alors, je ne vous conviens pas, vous ne m'avez même pas regardé, fit-il avec une voix où perçait presque la colère.

Je rétorquai :

— Mais si, bien sûr, vous me plaisez aussi, amenez-vous donc un peu que je palpe votre croupe.

Et je relevai sa magnifique robe de tulle, pour découvrir son slip de même ton que la robe et orné de dentelle noire. Je priai alors le secrétaire de se mettre à genoux sur le divan et de me tendre son cul. Je lui enlevai le petit carré de soie qui recouvrait son bas-ventre et lui demandai en lui montrant mon phallus :

— Vous plairait-il que je vous l'enfonce dans le postérieur ?

— Bien sûr, répondit-il d'une voix rauque, mais avant j'aimerais bien me faire tripoter par une « femme ».

Aussitôt, le ministre s'approcha et lui écartant avec les doigts la raie des fesses commença à « la » palper, doucement d'abord, puis, à en juger d'après les gémissements que poussait « la jeune secrétaire », de plus en plus fortement, jusqu'au fond.

Le secrétaire se tordait tout en sifflant :

— Salope, comme tu me pinces bien le cul ! Enfonce-moi encore avant qu'un mâle vienne me pourfendre avec une pine.

Pendant ce temps, très excitée, je commençai à me masturber. L'imagination enflammée par tous ces travestis, je croyais réellement que j'étais un homme et prenant « ma » queue entre les doigts, je me mis à la frotter avec une vigueur inouïe. Je me branlais tellement bien que j'avais

déjà envie de jouir, mais comme je voulais prendre « une de ces dames », je m'arrêtai et dis :

— Y a-t-il enfin une de vous, sales putains, qui se laissera enculer ?

— Oui, me répondit « la » secrétaire. Dès que « mon amie » aura fini ses caresses, tu pourras me prendre par-derrière.

Le ministre se mit à sucer le cul de son second. Celle-ci se tordait de volupté, gémissait, grimaçait, tout en l'encourageant :

— Ah, putain, comme ta langue lèche bien ! Elle est toute rêche, comme c'est bon, enfonce-la encore plus loin, pince-moi avec tes ongles ! Ah, comme c'est bon ! Ta langue ! Ah, ta langue !

Son Excellence, qui s'excitait considérablement, s'adressa à moi :

— Qu'est-ce que tu fous, pendant ce temps ? Au lieu de nous regarder, tu pourrais t'occuper un peu de moi !

Je m'exécutai aussitôt et me penchant sur le cul de mon amphitryon, je me mis, moi aussi, à le lécher, ce qui eut pour effet de « la » faire hurler d'exaltation :

— Ah, salaud, comme tu lèches bien, j'ai rarement connu une telle ivresse grâce à une langue.

Mais entre deux interpellations, le ministre ne continuait pas moins à sucer son « amie chérie ». Tout à coup, le secrétaire se mit à crier à son patron :

— Arrête-toi, car je suis près de jouir et je veux sentir dans mon cul la pression d'une belle pine.

Son Excellence s'écarta et me céda la place.

Alors je m'approchai et m'arc-boutant sur les reins du secrétaire, je lui enfonçai dans la croupe mon énorme god'michet. « Elle » eut l'air d'étouffer et eut besoin de se ressaisir avant de me siffler des bouts de phrases sans suite :

— Ah, mon amour, comme tu me défonces bien… Tu es un vrai mâle… Ta queue est dure comme de l'acier, elle me déchire… Comme c'est bon… J'ai mal !... Ah, je vais jouir… Mais n'aie pas peur… Fais-moi souffrir… Tue-

moi, salaud, encule… encule !

Pendant ce temps, Son Excellence était venu derrière moi pour me triturer le postérieur, comme il avait manœuvré celui de son adjoint.

Enfonçant mon god'michet de plus en plus fort, mon ventre touchait les fesses du secrétaire à chaque coup d'outil, ce qui ne manquait pas de m'émoustiller. Je continuai mes assauts jusqu'à ce qu' « elle » hurla, tout en se tordant sur le divan :

— Ah, salaud, tu m'as eue, je décharge, je me rends !

D'avoir enculé « cette ravissante fille » m'avait beaucoup attisée et je ressentais, moi aussi, le désir de recevoir dans mon cul la grosse bite d'un mâle. Alors je me retournai vers le ministre qui palpait mon postérieur et lui criai :

— Ne peux-tu donc pas redevenir un mâle comme moi, car moi aussi j'ai envie d'être prise par-derrière ?

Alors Son Excellence releva son élégante robe d'après-midi et mit autour de ses reins un gros god'michet. Ainsi cet homme qui s'était travesti en femme, faisant appel à un sexe postiche, n'était pas redevenu un mâle, mais au contraire, avait *travesti son travesti*, c'est-à-dire en lesbienne. Par une complication de sa nature, par une seconde perversion, le ministre, après avoir été homme-femme, devenait homme-femme-homme !

La « lesbienne » m'ordonna de m'allonger sur le divan, à plat ventre, afin qu'elle puisse admirer ma croupe. Pendant ce temps, son « amie », le secrétaire, s'était levée et avait, elle aussi, ceint un god'michet, afin de se déguiser, à son tour, en disciple de Sapho.

Tandis que Son Excellence ma caressait la croupe, me la pinçant, me la triturant, son secrétaire lui avait enfoncé les doigts dans la raie des fesses, ce qui excita encore plus le ministre qui, m'écartant le cul, m'y introduisit sa grosse queue factice. Je hurlai de plaisir :

— Ah, comme c'est bon d'être enculée par une gouine, ce que ton god'michet me pénètre bien ! Ah, il va me faire jouir. Enfonce-moi encore !

Mais le ministre ne pouvait plus me répondre, à moi, car il était pris, comme moi, par-derrière, par le god'michet de « sa partenaire » et il exprimait son plaisir en sifflant à son adjoint :

— Ah, chérie, comme tu m'encules bien, ce que ta queue me plaît. Tu vas me faire décharger. Défonce-moi, je t'en prie, comme un mâle ! Ah, c'est merveilleux !

Je pleurais tant j'étais bouleversée, suppliant « ma partenaire » de me faire encore plus mal. Alors elle sortit complètement son instrument de mon cul et me le renfila aussitôt d'un grand coup. Mon tourment était énorme, mais mon excitation étant plus forte que la douleur, je déchargeai tandis que le ministre criait vers son adjoint :

— Ah, salope, ta bite est plus dure que du métal, elle me défonce ! Ah, je jouis, je jouis !

Et, enfin, lui aussi, fit gicler son foutre par son véritable sexe, qui pendait, raide, sous son god'michet.

Nous passâmes ainsi une nuit d'orgie, dans le bureau ministériel.

TONY DUVERT

PAYSAGE DE FANTAISIE

1973

Tony Duvert, né en 1945, a été publié aux Éditions de Minuit (Récidive, Interdit de Séjour, L'Île Atlantique, Le Bon Sexe illustré…) *et aux Éditions Fata Morgana* (District, Les Petits Métiers). Paysage de fantaisie *parut en 1973 aux Éditions de Minuit et obtint le Prix Médicis. Il est décédé, solitaire, en août 2008.*

Dans les romans de Tony Duvert, les garçons occupent la première place, vivant sans entrave leur sexualité.

quelques poils René hors de lui une oreille de poils une forêt noire il la rase efface cette perruque retrouve le ventre lisse oui on lui montre nos bites elle est bien bâillonnée on avance avec nos bites à la main on est tout près d'elle on baisse son slip quand on leur met la bite quelque chose crève l'ongle de l'index perçant la capsule en aluminium d'une bouteille de lait le doigt mouillé de liquide gras blanc mais une membrane plus fragile fine tendue en boyau elle éclate comme une baudruche j'enfonce ma bite ça éclate et je suis dans le tuyau je l'encule dans le tuyau René la campagne là-bas aux alentours du pont il voit les roulottes la fille en croix la bite raide du copain le sang il l'imagine une purée lourde presque rose brillante grenue une confiture de framboise ma bite enfoncée et les deux cuisses de la fille barbouillées par les œufs rouges que sa vulve a vomi l'autre ne reste pas à regarder il encule René qui veut bien et qui remue sa bite à deux étages un bout lui sort du ventre un bout lui fore le cul une seule bite en deux tronçons comme une canne à pêche qu'on emboîte il oublie le garçon il n'y a que sa bite il n'est pas déshabillé ça se passe comme ça sans ça il frotte sa culotte sa ceinture ses boutons de chemise au ventre de la fille et sa bite dans la fille est sucée par le con de la fille slip baissé le con secoué suce

TONY DUVERT

LE VOYAGEUR

1970

Sa barbe me gratte quand il met sa tête dans mon froc et aussi ses cheveux il n'en a plus beaucoup mais ils sont en couronne ça me frôle la peau des cuisses il passe des heures à me lécher pas seulement la bite mais le creux des bras le long du cou le dessous des couilles et le trou du cul je suis couché sur le dos il s'agenouille au bord du lit il me relève les jambes et je sens une petite chose un peu molle un peu dure un peu gluante qui se promène partout sur ma peau il m'écarte les cuisses il m'enfonce l'œil avec la langue il mâche les poils revient aux fesses il les aspire les pourlèche il me mord la bite de bas en haut il se chatouille le gosier avec moi je prends un illustré je m'ennuie il se couche à côté de moi tourné déculotté juste ce qu'il faut il est pudique il m'attire par les hanches il faut que je lâche mon bouquin on peut pas dire que je l'enfile c'est plutôt lui qui m'avale il se la rentre comme un suppositoire il se tourne le cul dans tous les sens il danse dessus il m'envoie de vaches coups de fesses sur le ventre ma bite là-dedans en marmelade il me la dévore il me la conchie j'ai mal au gland ses poils me râpent son cul me coupe la respiration tant il me pousse il s'excite de plus en plus il se branle de

l'autre côté et avec la main libre il cherche mes fesses il les malaxe comme un nichon il grogne il y enfonce tout un doigt moi je ne le touche jamais ça me dégoûte et je pense à Martin pour rester en forme quelquefois il fait trop mal avec son ongle ou son cul et je débande quand même il le sent il se lève il me resuce pour me raidir il va à la table de nuit il y prend une grosse bite rose en plastique il l'enduit de crème et il se la rentre à petits coups il s'assoit dessus il se pogne il me lèche ses yeux rétrécissent ses cheveux sont mouillés ses vêtements en salade il décharge sa figure court de mon cul à ma queue folle danse de sa barbe il voit mon foutre sauter il se précipite dessus il gobe tout il me grignote le nœud comme un os goinfré suant baveux il va se laver je reprends mon illustré je lui pique une cigarette blonde il avait des petits biscuits et du vin blanc pour se réconforter après une fois il a essayé de m'embrasser la bouche ça j'avais dit non et non je lui ai mordu la lèvre il a saigné il m'a traité de petite vache il n'a plus recommencé

JEAN D'ENGLEBERT

VIOLS DE PETITES FILLES

s.l.n.d.

Texte bien entendu anonyme, sous la forme d'une brochure de trente-deux pages dactylographiées. L'absence totale de style, et même d'écriture, la multitude de fautes d'orthographe (que nous avons corrigées) semblent attester (ou veut le faire croire) qu'il pourrait ne pas s'agir là d'un exercice de style d'écrivain mais, bel et bien, d'un témoignage, d'un compte-rendu de monstrueux sévices. D'autant plus qu'un certain nombre de photos, mentionnées dans le texte, devaient accompagner primitivement celui-ci, réunies sur une double feuille centrale qui a été arrachée. Aucune piste, bien entendu, pour remonter à l'auteur.

Elle bouge beaucoup et elle se met à crier à toute force. On ne peut rien faire de bien comme ça et Gégé doit la tenir aux épaules pendant que je lui remonte les jambes.

Michel pose l'appareil pour me prêter main forte car la gamine n'arrête pas de ruer comme une folle. On est à deux pour la tenir et c'est lui qui l'attache sur la table, en passant la corde autour de ses petites cuisses et de la table. Comme ça,

ESPARBEC

LA PHARMACIENNE

2003

Dans le cinquième et dernier tome de son Anthologie historique des lectures érotiques, *intitulé – avec un pessimisme que nous ne partageons pas –* « De l'infini au zéro », *Pauvert fait une place de choix à cet écrivain « pornographique » prolifique qu'est Esparbec.*

Prolifique est encore peu dire. Car on doit à Esparbec la production d'un nombre d'ouvrages qui avoisinerait les cinq cents, écrits directement ou non par lui. Mais n'y en eût-il qu'un quart d'entre eux qui lui doive pleine et entière paternité, le chiffre serait déjà impressionnant.

Esparbec revendique haut l'appellation de « pornographe ». Il a choisi une bonne fois pour toutes de bannir de son écriture les métaphores, les exercices de styles et autres afféteries qui émaillent souvent le roman que l'on appelle ou qui se veut « érotique ». Il veut le dépouillement, qu'une chatte s'appelle une chatte et non autrement ; et qu'un pieu, un mandrin, un chibre, un vit, un braquemart, un phallus, redevienne une bite ou une queue, un point c'est tout.

Ce parti pris de « l'anti-style » donne des livres qui n'ont cependant rien de terne ni de fastidieux et, encore moins, de répétitif. Car l'imagination d'Esparbec semble sans limite,

dans un genre où d'aucuns pourraient prétendre qu'il n'y a plus rien à inventer, ce qui serait pour le moins une triste erreur. Et cette écriture directe, efficace, rythmée, c'est bien agréable et bien distrayant. Et puis… et puis après tout… le style ou le non-style (qui est encore un style !), c'est affaire personnelle, et, en cette matière comme dans les autres, il est bien connu qu'il en faut pour tous les goûts, et que chacun prend son plaisir où il le trouve.

Laura, c'est la pharmacienne, et « Beau-P' », ou plus simplement Beau, c'est le beau-père, car, s'il partage le lit de la dame, il n'est le père ni de Bertrande (dite Bébé) ni de Bertrand, les deux jumeaux de quinze ans. Mais, que le lecteur se rassure, ces derniers n'échapperont pas aux insatiables appétits de l'intrépide Beau-P'…

Le moment venu, il lui ordonnait de se déshabiller. Le plus vite possible, pour qu'il n'ait pas à attendre, elle retirait sa robe et restait toute nue devant lui, à l'exception de ses bas noirs. Elle attendait ce qu'il allait lui demander en le regardant ouvrir son pantalon et sortir sa grosse queue d'étalon. S'il lui disait « À genoux, pute » cela voulait dire qu'il voulait jouir dans sa bouche, comme avec une prostituée. S'il lui disait « Retourne-toi », c'est qu'il allait la fesser, pour commencer, et qu'ensuite il l'enculerait sur la table.

Elle se retournait donc pour lui montrer son derrière et elle l'entendait ricaner. Impitoyable, il émettait toutes sortes de réflexions désobligeantes sur son gros postérieur. Il lui pinçait méchamment les fesses, il tapotait dessus pour qu'elles ballottent ridiculement.

— Regardez-moi ça... Regardez ce gros cul. Quand tu marches dans la rue, tous les hommes se retournent pour le reluquer ! Il est obscène, ma chérie ! Un vrai cul de grosse cochonne !

— Beau, j't'en prie ! Pourquoi tu dis des choses pareilles ?

— Penche-toi, ouvre tes fesses avec tes mains...

Cramoisie, Laura obéissait. Beau se mettait à rire en voyant son anus s'écarquiller comme un œil de sanglier entre les poils.

— Tu devrais voir ton trou du cul comme il est bien ouvert ! T'as envie que je t'encule, pas vrai ? Avoue que t'aimerais bien ça !

— Beau !

Il faisait une moue dégoûtée.

— Tu devrais avoir honte, toi, une femme respectable, une pharmacienne, une mère de famille, de montrer ainsi ton derrière. Que diraient tes clients, s'ils te voyaient, en ce moment ? Et tes enfants ? Les pauvres chérubins...

— Mais c'est toi qui me le demandes, Beau !

— C'est pas une raison. Une femme honnête refuserait. Toi, tu es trop contente... ça mérite une punition.

Il allait s'asseoir sur un fauteuil et c'était le moment le plus délicieux. Frémissante, elle venait, comme une petite fille qu'on punit, se coucher en travers des genoux de son mari. Il lui mettait alors une main entre les cuisses, par-dessous, et lui enfonçait son pouce dans le vagin. La tenant ainsi, lui broyant le sexe, il la soulevait en l'air pour l'obliger à bien écarter les fesses, et il se mettait à la fesser, le plus fort possible, d'une façon méthodique. Il faisait rougir toute la chair du fessier et s'acharnait particulièrement sur la région anale. Il adorait la frapper carrément sur l'anus et, en même temps, pincer entre son pouce qui était enfilé dans le vagin et ses autres doigts, toute la chair gluante de sa vulve, car à ce stade de la fessée, Laura perdait toute pudeur, elle gigotait comiquement et le suppliait d'une voix rauque de frapper encore plus fort.

— Plus fort, Beau, plus fort... Fais-moi mal ! Fais-le bien rougir ! J'veux qu'il brûle... Oh, encore, chéri, encore, punis bien ta grosse salope ! Oh que j'aime ça.. Oh oui, Beau, sur le trou... sur la fente... enfonce les doigts...

aaarrrrghhhh... oh mon dieu, j'vais crier... j'vais crier, mets ta main sur ma bouche, Beau, j'vais réveiller les p'tits !

— J'en ai besoin, de mes mains. T'as qu'à te mordre le poignet !

Il la fessait à tour de bras. Et à chaque claque, la mouille tiède giclait à profusion entre ses doigts comme d'un gros fruit juteux.

Quand il avait mal au bras, et qu'elle avait le cul aussi rouge qu'un soleil couchant, Beau la remettait sur pied. Il contemplait avec satisfaction les larmes qui baignaient le visage de sa femme.

— Maintenant, lui disait-il, que tu as le cul bien chaud, je vais t'enculer, ma chérie.

— Oh oui, Beau, encule-moi. Tu peux m'faire tout c'que tu veux !

Encore secouée par les sanglots, dans un état proche de l'hystérie, elle se mettait à plat ventre sur la table. Alors, comme Marlon Brando dans le *Dernier Tango à Paris*, Beau prenait une noisette de beurre dans le beurrier qui était resté sur la table et s'en passait sur le gland. Puis il se versait un verre et il buvait un coup en venant se placer derrière sa femme qui, couchée sur le buste, avait empoigné ses fesses des deux mains et les séparait pour lui offrir son anus.

Elle sentait son cœur cogner sourdement. Le derrière en feu, elle écoutait Beau déguster son vin. Puis il posait le verre sur son dos nu et elle frissonnait. Il ne fallait pas qu'elle le renverse, sans quoi il ne se contenterait pas de la fesser, il la fouetterait. Pour cela, afin que les enfants n'entendent rien, il la ferait sortir toute nue dans le jardin, et ils se rendraient au garage. C'est dans le garage qu'il la corrigeait, à coups de ceinture. Il lui en donnait en général trente coups, très fort, en travers des fesses. Ce n'était pas de la comédie. Une serviette fourrée dans la bouche, Laura râlait et ruait, mais ne cherchait pas à fuir son châtiment. Couchée sur le capot de la 2 CV, elle recevait son dû. Dès que c'était fini, Beau, excité comme un diable, l'enfilait par

les deux trous, ce qui lui faisait atrocement mal, car ses fesses étaient très douloureuses. Une fois la chose finie, il la reconduisait à la maison, toute nue, même s'il pleuvait, même s'il neigeait, et elle se plaignait tout bas.

— Oh c'que t'es méchant, Beau. Comme tu m'as frappée fort. J'vais avoir des bleus pendant un mois !

— Qu'est ce que ça peut fiche ? Y a qu'à moi que tu l'montres ton gros cul, non ?

— Oh, Beau, Beau, pourquoi es-tu si méchant avec moi ?

— Parce que t'aimes ça ! répliquait l'ancien barman.

Et il n'avait pas tort. Elle aimait ça !

Mais quand même pas au point de faire exprès de renverser le verre qu'il lui avait posé sur son dos avant de l'enculer. Elle préférait de loin qu'il la sodomise ici que sur le capot de la voiture après l'avoir fouettée. Et donc, elle s'ouvrait et retenait son souffle. Du doigt beurré, il lui graissait l'anus et galamment (il était toujours d'une exquise politesse quand il l'enculait) il lui demandait si elle était prête.

— Oui, Beau, chuchotait la pharmacienne, je suis bien ouverte. Tu peux me la rentrer.

Il la lui mettait comme une lettre à la poste, car excitée comme elle était, et beurrée, ça ne posait aucun problème, bien qu'il fût très généreusement doté par la nature.

Pendant ce temps, à l'étage, les jumeaux se souhaitaient la bonne nuit d'une façon qui n'était pas tellement différente. Bertrande, les fesses en l'air, la chemise de nuit troussée, recevait l'hommage anal de Bertrand. Ils n'avaient pas de beurre, aussi utilisaient-ils la salive. Le frère léchait longuement la pastille de sa sœur et quand il la sentait bien dilatée, il se mettait sur pied et lui insinuait son gland dans le trou.

— Oh, ce que nous sommes dégoûtants, quand même, pouffait sottement Bertrande, en sentant la verge entrer dans son cul. Quand je pense à Maman et Beau-P', devant leur télé, s'ils se doutaient !

Ils ricanaient connement, en écoutant le bruit lointain de la télé et prenaient leur temps, car Bertrande aimait bien que ça dure longtemps, avec son frère ; sa verge menue ne lui faisait pas mal comme celles des autres garçons, et avec lui elle n'éprouvait jamais de remords après le plaisir. Ils étaient trop proches, trop pareils. Et puis il la masturbait toujours pendant qu'il l'enculait, et il masturbait très bien. Beaucoup mieux que ses cousins ou que les copains qu'ils amenaient. Ceux-là, la seule chose qui les intéressait, c'était de tirer leur coup. De se faire sucer ou de gicler dans son derrière, très vite, en faisant une grosse plaisanterie dégueulasse. Avec son frère, c'était beaucoup plus raffiné, et beaucoup plus pervers.

Dès qu'ils entendaient la télé s'éteindre, Bertrand pressait le rythme et lui envoyait une longue giclée dans le ventre. Ensuite, ils s'embrassaient gentiment, comme frère et sœur, et Bertrand regagnait sa propre chambre, juste à côté, pendant que Bébé allait aux toilettes expulser le sperme dans la cuvette. Peu dc temps après, elle entendait sa mère et Beau-P' qui parlaient tout bas pour ne pas réveiller les enfants et elle s'étirait voluptueusement dans son lit douillet en pensant à la chance qu'ils avaient, son frère et elle, d'être maintenus ainsi dans le délicieux cocon familial. Elle s'endormait comme un gros bébé, en suçant son pouce. Car Bébé adorait avoir quelque chose dans la bouche. Et quand elle ne suçait pas un garçon, faute de mieux, elle suçait son pouce.

FRIEDRICH-KARL FORBERG

MANUEL D'ÉROTOLOGIE CLASSIQUE

1882

C'est en 1807, précise Pascal Pia dans sa préface à l'édition de 1959 parue au Cercle du Livre Précieux, que Forberg, alors bibliothécaire à Cobourg, eut l'idée en compulsant des manuscrits, de noter et classer les citations et observations recueillies et d'entreprendre ce Manuel d'érotologie.

Philosophe et nourri des humanités grecques et latines, Forberg a ainsi réalisé « un ouvrage d'érudition unique en son genre »*, où l'on trouve quelque cinq cents citations empruntées à plus de cent cinquante ouvrages différents, toutes vérifiées, commentées avec clarté et précision.*

Traduit du latin en 1882 par Alcide Bonneau, l'ouvrage de Forberg présente, classées en huit chapitres, « les différentes manières d'honorer Vénus, ou de la bafouer »*, à savoir : de la fututio, de la pédication, de l'irrumation, de la masturbation, des cunnilinges, des tribades, du coït avec les bêtes, des postures spintriennes. Le traducteur, dans sa préface, note fort pertinemment qu'il est plaisant de voir* « un grave savant d'outre-Rhin ayant l'idée de classer par catégories, groupes, espèces, variétés, genres et sous-genres toutes les sortes connues de voluptés naturelles et extra-naturelles, d'après les auteurs les plus dignes de foi ».

C'est bien évidemment au chapitre dévolu à « la pédication » *– qu'il faudrait reproduire dans son intégralité – que nous emprunterons quelques citations et commentaires.*

(Signalons aussi, aux curieux du genre, le livre de Marcel Coulon, La Poésie priapique dans l'Antiquité et au Moyen Âge, *paru en 1932 aux éditions du Trianon, orné des merveilleux bois gravés du grand Valentin Le Campion.)*

Maintenant, parlons d'un autre plaisir : celui que prend la mentule au moyen de l'anus. Quiconque besogne, la mentule introduite dans l'anus soit d'un homme, soit d'une femme, pédique ; on l'appelle pédicateur, pédicon, drauque ; et celui qui se fait pédiquer, patient, cinède, catamite, mignon, effeminé ; le patient adulte ou émérite prend le nom d'exolète. Le plaisir masculin (on le désigne ainsi parce que, la femme se faisant pédiquer plus rarement que l'homme, l'usage le plus fréquent a déterminé l'appellation), le plaisir masculin se goûte soit dans le rôle actif, qui est le fait du pédicon, soit dans le rôle passif, qui est le rôle du patient. La volupté qu'y trouve le pédicon est facilement compréhensible, tout le plaisir de la mentule consistant dans l'intensité du frottement ; pour ce qui regarde le plaisir que goûte le patient à sentir le membre d'un autre pénétrer dans ses entrailles, c'est plus difficile à comprendre, du moins à ma faible intelligence, car je suis tout à fait étranger aux pratiques de ce genre. N'allez pas croire pourtant que le plaisir du patient soit seulement secondaire, ni qu'il se prostitue au pédicon dans le but de préluder lui-même au légitime jeu de Vénus en pédiquant à son tour, ni qu'il remédie ainsi, du mieux qu'il peut, à l'inertie de sa mentule, soit par l'aspect de ce qu'a de vigueur le nerf d'un autre, soit par certaine titillation causée au podex ; le Palermitain nous apprend que semblable irritation peut être causée par l'introduction du doigt dans l'anus et encore mieux par des coups de verges infligés au même endroit.

[…]

Mais revenons à ce dont nous nous sommes écarté. Si la jouissance, dans le rôle passif, ne peut se concevoir de telle sorte que, par le podex, en faisant un détour, elle revienne à la mentule, nous devons plutôt juger et conclure que les patients éprouvent au podex la même irritation que les autres éprouvent dans les parties génitales ; qu'il y a pour eux dans le podex une véritable source de jouissance, inconnue à ceux qui n'en ont point tâté. Assurément et sans ambages, Martial parle de ce prurit du podex :

De son podex taillé jusqu'au nombril
Carinus n'offre plus que vestiges ;
Il est pourtant en rut jusqu'au nombril.
Oh ! le malheureux, quelle rage le travaille !
Il n'a plus de derrière et reste un infâme.
(VI, 37)

[…]

Les cinèdes romains attachaient tant de prix à avoir un membre rigide entre les fesses, qu'ils ne pouvaient apercevoir une grosse mentule sans que l'écume leur en vînt aux lèvres, et qu'ils eussent donné jusqu'à leur dernier sou pour jouir des faveurs de mâles remarquablement conditionnés.

Souvent il n'est qu'un seul denier dans ta cassette,
Et plus usé que ton derrière, Hyllus ;
Pourtant, ni le boulanger ne l'aura, ni le cabaretier,
Mais bien quelque mâle pourvu d'un membre énorme.
Ton malheureux ventre assiste aux régals de ton cul :
Le misérable a toujours faim, son voisin dévore !
(Martial, II, 51)

[…]

Que les femmes puissent se faire pédiquer, absolument comme les hommes, la nature nous l'indique ; qu'elles y

aient consenti, de nombreux témoignages de l'Antiquité nous l'attestent.

Comme nous bavardions de la sorte, un mutuel désir s'empare de nos esprits et réveille nos membres ; ayant mis bas nos vêtements, complètement déshabillés, nous nous livrons à tous les emportements de Vénus. Je suis bientôt fatigué ; Fotis, de son propre mouvement, m'offre le corollaire puéril.

(Apulée, *Métamorphoses*, III, 2)

Toute la nuit j'ai possédé une lascive jeune fille
Dont personne ne peut surpasser les complaisances.
Fatigué de mille postures, je lui demande l'office puéril.
Avant la fin de ma requête, dès les premiers mots, elle me l'accorde.

(Martial, IX, 68)

[...]

Certain jeune homme, du nom de Ponticus, exigea ce même corollaire le matin, de Gnathéna, qu'il avait possédée toute la nuit ; c'est Machon qui nous le raconte (*Athénée,* XIII, 43). Démophon, le mignon de Sophocle, ne demandait pas non plus autre chose à Nico, laquelle, étant renommée pour la beauté de ses fesses (« on la disait remarquable par là »), craignait qu'il ne les prêtât à Sophocle. Gnathéna s'excusa ingénieusement d'avoir eu pareille complaisance. Certain chaudronnier s'étant vanté peu généreusement d'avoir cinq fois de suite chevauché de la sorte cette petite putain, Andronicus, qu'elle chérissait par-dessus tout, l'apprit et lui fit de vifs reproches d'avoir permis à un tel goujat de jouir si pleinement d'elle, dans une posture que toutes ses prières n'avaient jamais pu obtenir. Gnathéna répondit que, ne se souciant pas de se laisser manier les tétons par un homme noir de crasse et de suie, elle avait adroitement imaginé de prendre avec lui cette posture, pour ne recevoir que le plus petit bout, le moins possible du corps de ce misérable.

[…]
Un jour qu'Etruscus m'avait amené un jeune garçon,
Tel que rarement en voit la table de Jupiter,
« Je te le livre », me dit-il, « appréhendé par l'oreille,
Pour qu'il soit collé à ton flanc nuit et jour.
Veuillent les dieux et les déesses que tu t'éprennes de lui !
Si tu le pédiques, il ne pourra manquer d'être savant. »
Moi, alors : « Cette liberté me plaît, concédée à mon vice,
Et je serai toujours au-dessous de ton bienfait.
N'en doute pas, l'enfant est bon, mais il deviendra meilleur, et tu diras
Qu'il m'a par tous les bouts sucé ma doctrine. »
Joyeux, il s'en va ; joyeux, je m'empare de mes délices ;
Tout laps de temps me semble un long retard.
Ô père d'une vertu éprouvée ! seul homme louable,
Seul sage, en une si grande ville !
Le maître empoigne le cul de l'élève ; l'élève, le membre du maître ;
Croyez-vous, sots, qu'il apprendra bien, de la sorte ?
Oh ! l'heureux garçon, de m'avoir pour professeur !
Heureux destins, qui lui donnèrent un tel père !
(Pacificus Maximus, *Élégie*, XIV)

THÉOPHILE GAUTIER

LETTRES À LA PRÉSIDENTE

1850

*Né à Tarbes en 1811, Théophile Gautier est mort en 1872. C'est en 1829 qu'il rencontra Victor Hugo, le Maître, rencontre qui déterminera sa carrière littéraire. Ses vêtements furent célèbres, et le gilet rouge qu'il portait à la première d'*Hernani *pour en diriger la claque appartient à l'histoire de la littérature.*

Poète, romancier, peintre, critique d'art reconnu, Théophile Gautier était aussi un bon vivant, sportif, grand voyageur, curieux de tout, témoin de son temps. Il eut des liaisons célèbres, lui à qui l'on disait, peu avant sa mort : « Mon cher Maître, vous êtes solide comme un chêne », *et qui répondit :* « Pour le tronc, ça va ; c'est le gland qui m'inquiète. »

Son œuvre érotique se compose de quelques poèmes et d'une série de « Lettres à la Présidente » écrites au cours d'un voyage de Genève à Rome par Venise en 1850 et publiées pour la première fois en édition clandestine en 1927. Cette Présidente, ainsi nommée par Théophile Gautier, s'appelait en réalité Aglaé Sabatier et avait été la maîtresse du peintre Meissonier et du sculpteur Clésinger. Son salon littéraire attirera durant plus de vingt années des célébrités telles que Nerval, Flaubert, Musset, Berlioz, Manet, Baudelaire et bien d'autres, subjugués par sa beauté et ses dons artistiques.

Dans ces lettres très rabelaisiennes, Théophile Gautier s'amuse visiblement à des inventions littéraires savoureuses, farcies de mots rares ou tombés en désuétude. Ceux qui ne connaissent de lui que Émaux et Camées *et* Le Capitaine Fracasse *risquent d'être surpris…*

Rome, ce 19 octobre 1850

Présidente de mon cœur,

Cette lettre ordurière, destinée à remplacer les saloperies dominicales, s'est bien fait attendre, mais c'est la faute de l'ordure et non celle de l'auteur.

La pudicité règne en ces lieux solennels mais antiques, et j'ai le grand regret de ne pouvoir vous envoyer que des cochonneries breneuses et peu spermatiques. Je vais procéder par ordre de route.

À Genève, le gouvernement vous recommande, à la porte de la ville, de voir « ci-derrière » ; ce qui est beaucoup dans une ville protestante, où, pour humilier les catholiques et leur montrer qu'ils ne sont que des paysans sensuels, les femmes se rabotent le cul et les tétons avec la varlope de la modestie, selon la méthode américaine.

Nous avons fait tous nos efforts pour voir ces douze fesses prescrites par l'autorité, et nous n'en avons vu que quatre, sur la corde raide, séparées par un périnée plafonnant, et formant, sous la jupe de deux saltimbanques allemandes, deux culs rebondis qui ne devaient pas être désagréables dans le tête-à-tête.

Ne sachant pas l'allemand, il nous a été impossible de prendre langue avec ces derrières, dont l'un était digne de la Mignon de Goethe, parce qu'il ne l'était pas, mignon!

Ô que volontiers, céleste cul qui m'apparut entre quatre chandelles, j'aurais déployé, en ta faveur, une des quatorze

redingotes, objet de l'inquiétude perpétuelle de Louis qui les change de place à chaque instant.

La nuit suivante, Dom Jacquemart de Bandeliroide, préoccupé de ce cul blanc voltigeant sur le bleu du ciel, me fit rêver que j'étais Brindeau, du Théâtre Français, et qu'avec l'habileté au bilboquet qui caractérise ce pédéraste grassouillard, je recevais, sur une pine en buis, la petite danseuse, attachée par la ceinture à une ficelle. La fausse-couche marécageuse et géographique qui devait résulter de ces fantasmagories nocturnes n'eut pas lieu, parce que le vilebrequin d'amour me térébrait le nombril avec tant de force que l'angoisse m'éveilla, mon rêve m'ayant transformé en planche à bouteilles sur l'établi d'un menuisier. Louis plaqua lâchement un foutre épais et jaune, et la chambrière, en faisant son lit, aura pu découvrir l'Amérique dans ses draps. Voilà pour Genève, la patrie de M. Crépin et de Mgr Jabot dont le gouvernement emprunte le style. Du reste, pas un vit sur les murs, ils sont sans doute dans le con des femmes, si l'on peut appeler con cette machine à faire des horlogers que les protestantes de Genève trimballent entre leurs cuisses décharnées, sous un maigre bouquet de poils à qui les fleurs blanches font faire pinceau.

Dans le Valais, nous avons rencontré ma chimère, c'est-à-dire la femme à trois tétons, mais le troisième était un goitre et c'était le seul dur. Je n'ai pas été tenté de demander à cette Isis suisse si elle avait le con en travers, fantaisie chinoise qui m'affriole. Dans l'auberge du Simplon, dont le papier représente les Anglais en Chine, comme un roman de Méry, un parapilla ailé et monstrueux s'est introduit dans la bouche de Lady Bentinck, qui s'écrit : « Very delicious ! » Les canons sont transformés en membres qui déchargent, les roues forment les couilles, les canons la pine, et la fumée simule la mousse éjaculatoire. Ces embellissements priapiques sont dus aux crayons libidineux de jeunes rapins français.

À Domo d'Ossola, les lieux, que quinze heures de route nous faisaient un devoir de visiter pieusement, pour y

déposer nos libations, présentaient un aspect enchanteur et féerique. Ils étaient peints à fresque et représentaient des bouquets de roses qui s'épanouissaient comme des trous de cul de blondes, avec une touche de pourpre au milieu. Il est fort agréable de s'accroupir en ayant l'œil sur ces anus fleuris, ou sur ces fleurs anales, dépliant leurs pétales : les fronçures d'un sphincter prêt à boire une pine, ou à vomir un étron.

Une chose me jeta dans une grande perplexité. C'était une petite bouteille d'huile, où trempait une plume, posée sur une planchette. Je demandai au garçon quel était l'usage de cette huile et de cette plume ; il se troubla, rougit, balbutia et s'enfuit. Je pensai d'abord que son usage était de faciliter les opérations stercorales aux anus garnis d'hémorroïdes qui voyagent sur des ronds Rattier et Guibal. Mais il paraît que cette huile servait à lubrifier le derrière de ce joli garçon, fort recherché des Anglais qui vont en Italie satisfaire leur goût de pédérastie, punie de la corde dans leur aimable île ; attention touchante du gouvernement, qui procure ainsi quelques vieux coups aux Anglaises qui ne seraient jamais baisées sans cela. Figurez-vous, ô Présidente, dans cette latrine ornée de roses, lieu ordinaire des rendez-vous, un Lord passant gravement la plume au cul de ce jeune fumiste, mal torché, mais étroit ! Lord Brougham ou Lord Palmerston, ou tout autre personnage vénérable, couleur de praline, avec des favoris et des sourcils blancs

JEAN GENET

NOTRE-DAME-DES-FLEURS

1944

Né en 1910, Jean Genet, pendant la première partie de sa vie, connaîtra toutes les errances, de l'Assistance publique à la maison de redressement, de la Légion étrangère à la prison. Il se fera connaître, en 1942, par la publication d'un long poème, Le Condamné à mort, *à la suite duquel il fera la rencontre décisive de Cocteau, qui l'incitera à se vouer totalement à l'écriture. Et c'est en 1944 que paraîtra* Notre-Dame-des-Fleurs, *suivi, deux ans plus tard, de* Miracle de la Rose, *puis d'autres romans et pièces de théâtre.*

Dans l'œuvre de Genet, le lyrisme se met au service du « mal » : du vol, de la délation, de l'homosexualité, du meurtre. On ne sait ce qui nous fascine le plus : la perfection esthétique de son écriture-poésie, ou cette constante apologie de ce que la morale condamne comme des vices irrémissibles. Son chef-d'œuvre est à notre sens Notre-Dame-des-Fleurs, *livre d'une envoûtante beauté, où l'écriture sublime toutes les dépravations, toutes les cruautés, toutes les trahisons.*

Mignon observait Divine, ahuri. Notre-Dame n'apercevait rien de cela qu'il provoquait. Un jour qu'ils n'étaient que tous deux dans le grenier, Divine décida enfin d'enculer Notre-Dame qui, amusé, se prêtait à tous les jeux de bonne grâce. Car Notre-Dame-des-Fleurs était gentil, notons-le une fois pour toutes. Gentil, c'est-à-dire : prêt au jeu. Ils s'embrassèrent, mais déjà dans le baiser, Notre-Dame, plus fougueux et plus fort, de sa langue vibrante trouait la bouche de Divine. Elle écartait lèvres, dents, et s'introduisait, victorieuse. Quand Divine voulut passer à l'acte définitif, elle chevaucha Notre-Dame déboutonné, couché sur le sol, le membre brandi hors de la braguette. Elle allait de sa verge un peu souple l'enfiler – il souriait toujours, amusé – quand la bosse de la dure queue de l'adolescent, plaquée et bondissante sur son ventre, donna à Divine ce vertige connu d'elle : l'abandon au mâle. Elle se laissa glisser, saisit à pleines mains la verge de Notre-Dame et, la serrant bien fort, la dirigea, l'introduisit elle-même en elle. Souriant toujours, écarlate – il semblait possédé, si j'en crois son visage d'alors, par le Dieu du buisson ardent – comme il l'avait bien souvent entendu dire par Mignon à Divine, à son tour Notre-Dame, hissé sur elle, disait : « Allons, la môme, donne-toi ; faut te donner. » Divine serrait contre elle, les pressait, les reins qui allaient et venaient par à-coups terribles. Enfin, il jouit. Divine était vaincue. Elle sentit la tiédeur du sperme sur ses cuisses, mais c'était celui de Notre-Dame-des-Fleurs. Vaincue à peine, car elle l'eut contre elle pantelant, saignant d'une énorme blessure de bonheur. En somme, elle réintégrait son âme. Avez-vous connu cela ? Aimer un jeune garçon longtemps, chèrement, et puis, n'en pouvant plus de cet acte héroïque, j'abandonne. Mes muscles et mon esprit se relâchent. À la lettre, je chancelle. Et j'adore enfin, frénétiquement, les muscles qui me torturent, qui me courbent sous eux, cette domination m'est apaisante comme un sanglot après un trop long temps sur les sommets d'un drame haut comme la mort.

Notre-Dame se leva et fut s'essuyer à la serviette, pendant que, honteuse, s'efforçant de ne pas le montrer, Divine se branlait en le regardant devant le bidet, sa chemise relevée, admirant de le voir planté naturellement sur ses deux jambes, tel que jamais elle ne saurait être ni montrer cette vigueur qui s'impose simplement parce qu'elle est. Ainsi Divine ne s'était pas virilisée : elle avait vieilli. Maintenant, un adolescent l'émouvait : par là elle eut le sentiment d'être vieille, et cette certitude se déployait en elle comme des tentures formées d'ailes de chauves-souris.

JEAN GENET

POMPES FUNÈBRES

1947

Le petit gars de Paris accomplit son travail avec vaillance. D'abord il eut peur de faire du mal au Führer. Le membre était d'acier. De toute cette machine à supplice qu'était Paulo, la verge en était la pièce essentielle. Elle avait la perfection des rouages, des bielles fabriquées avec précision. Son métal était solide, sans paille, inusable, poli par le travail et la rigueur de la destination : c'était un marteau et une barre à mine. Elle était également sans tendresse, sans douceur, sans le tremblement qui fait souvent frémir délicatement les plus violentes. Paulo prit des précautions et mit beaucoup de salive à sa bite, mais très vite il fut dominé par sa fonction de mâle. Il fonça jusqu'au fond. Il éprouva une grande joie à sentir le tressaillement de bonheur et à entendre la plainte heureuse de Madame. La reconnaissance de la beauté de son travail le rendit fier et plus ardent. Ses bras, par en-dessous, près des épaules, s'agrippèrent au bras de l'enculé, et il fonça plus dur, avec plus de fougue. Le Führer râlait doucement. Paulo fut heureux de donner du bonheur à un tel homme. Il pensa : « T'en veux de l'aut' ? » et en fonçant : « Tiens mon chéri ». Soulevant encore ses reins, sans sortir du trou : « Du petit

Français » et fonçant : « Encore un coup… C'est bon, ça te plaît ? Prends-en toujours ». Et chaque mouvement de va-et-vient dans l'œil de bronze, s'accompagnait mentalement d'une formule dont le lyrisme était dicté par le bonheur accordé. À peine eut-il une fois un léger ricanement, vite effacé, quand il pensa : « Çui-là, c'est la France qui te le met. » Hitler, une main sur sa queue et ses parties mutilées, sentait cette ardeur s'exalter, encore que chaque coup de bite arrachât un râle de bonheur.

ALMUDENA GRANDES

LES VIES DE LOULOU

1990

Les Vies de Loulou, *ce sont autant d'épisodes de la vie sexuelle d'une femme qui va au bout de ses désirs et de ses fantasmes. Initiée à quinze ans par un ami/père, Loulou va vivre ensuite une sexualité ardente et riche d'expériences extrêmes, où voyeurisme, exhibitionnisme, sadisme et masochisme ont leur place.*

Ce roman « réaliste », écrit par une jeune femme de trente ans, a eu un grand succès en Espagne où il a même été porté à l'écran par Bigas Luna. Il fait date dans la littérature érotique contemporaine. Traduit par Bernard Cohen, il est sorti chez Albin Michel en 1990.

Je compris dès lors que l'inconnu allait certainement être sodomisé.

Je ressentis une étrange exaltation, sodomie, sodomisation, deux de mes mots préférés, euphémismes ratés beaucoup plus expressifs et inquiétants que les fades grossièretés qu'ils remplacent avantageusement, sodomiser, verbe solide, corrosif, qui déclenche une violente frayeur le long

de la colonne vertébrale. Je n'avais jamais vu deux hommes baiser, les hommes aiment bien voir deux femmes baiser, moi je n'aime pas les femmes, jamais je n'en étais venue à penser que je pourrais voir deux hommes baiser, mais à ce moment-là je ressentis une étrange exaltation et je me souvins combien j'aimais articuler ce mot, sodomie, et l'écrire, sodomie, parce que sa sonorité évoquait en moi comme la virilité pure, une virilité animale et primaire.

MARCEL JOUHANDEAU

TIRÉSIAS

1954

Ce petit livre de Marcel Jouhandeau (1888-1979) est paru anonymement en 1954, tiré à 150 exemplaires illustrés de bois gravés. S'il n'en revendiqua jamais officiellement la paternité, Marcel Jouhandeau ne cachait pas, dans l'intimité, qu'il en était bien l'auteur.

Au sein d'un océan de si souvent médiocre littérature, quelle délectation que de voir surgir l'œuvre d'un écrivain, où la forme transfigure le fond !

Pendant que je me déshabille à mon habitude lentement, je l'observe à la dérobée. Pierre qui en deux temps s'est débarrassé de son pantalon, de son pull, de ses sandales, déjà nu, me regarde faire, étendu sur le lit, les mains jointes derrière sa nuque, avec la secrète intention pour m'exciter de faire étal de ses charmes : les touffes de poils des aisselles et de l'aine dessinent dans l'espace un triangle où se classe la rondeur pleine de ses formes opulentes, comme nouées aux biceps, pectoraux tendus, mollets en poire. Entre les cuisses écartées largement se montre un

sexe admirable au repos parmi des attributs dignes de lui, comme au flanc d'un navire en partance pour quelque aventure fabuleuse un énorme et noir paquet de cordages.

Dès que je vais être prêt, il vient me chercher, m'attire à lui et je commence à trembler, à geindre de peur, à supplier qu'il me ménage, qu'il ne soit pas brutal, trop dur, comme le volatile que guette un autour ou le couteau du sacrificateur. Alors il me donne de doux noms par monosyllabes ensalivés, dont je comprends moins le sens (il parle un argot à lui) que la gentillesse volontaire ou l'ironie, quand il ne les pimente pas tout d'un coup de grossièretés, cette fois claires, ou de quelque menace qui me glace de terreur. En même temps sa main me touche au bon endroit, sa caresse m'excite et m'apaise, il m'entoure peu à peu la taille de son bras massif qui pèse sur ma hanche et tout d'un coup me ceinture et me broie. Son visage s'éclipse, je le sens descendre le long de mes reins, à la recherche de profondeurs qu'il visite comme chez lui. Au passage de son doigt, puis de sa langue, je m'épanouis. La confiance naît. À peine ai-je senti sa chaleur installée en moi, son visage remonte des abîmes. Comme s'il frôlait chacune de mes vertèbres l'une après l'autre au passage et c'est quand il me mord la nuque et que je sens son corps allongé le long du mien, ses tétins sensibles au-dessus de mes épaules, que la pointe carrée de son phallus, battant mes fesses, comme exprès pour me faire éprouver sa raideur, hésite encore une fois sur le seuil et enfin me pourfend. Bien en selle, après une longue promenade au trot, d'un coup de reins il me retourne, et mes jambes passées comme un collier autour de son cou, je peux contempler, entre ses deux épaules qui me cachent toute la pièce, une Face de Titan maussade qui se balance, passant de l'insulte la plus cruelle à la câlinerie, d'une expression de douleur à la béatitude, avant de se fondre de bonheur. Sa bouche à la mienne attachée, nos yeux se ferment en même temps que sa sève brûlante m'inonde et que la mienne se répand entre nos deux cœurs, débâcle saluée par des râles sans fin, comme il n'arrive qu'aux bêtes fauves qui s'accouplent dans les forêts.

ÉRIC JOURDAN

LES MAUVAIS ANGES

1955

Éric Jourdan n'a que dix-sept ans lorsqu'il publie, en 1955, son premier roman Les Mauvais Anges. *Ce récit d'un amour passionnel, nourri de tendresse et de violence, entre deux adolescents, sera vite censuré.*

Il est réédité un demi-siècle plus tard, en 2007, à La Musardine, avec une introduction de Jean-Jacques Pauvert, qui sait de quoi il parle lorsqu'il raconte l'histoire de la censure en France ! On n'a pas oublié ce petit roman qu'il édita en 1971, L'Enfer du sexe, *d'un certain Youl Belhomme. Roman sans grand intérêt, à vrai dire, mais qui fournit alors à Pauvert l'occasion d'une dénonciation en règle de la censure et de ses ravages et de ses hypocrisies et de ses incohérences (la fameuse « qualité littéraire », hors de laquelle il n'est point de salut !).*

De la qualité littéraire, il y en a indéniablement dans ce premier texte d'Éric Jourdan. Il y a du style. Mais envahissant ! Trop de style, trop de littérature ; au détriment de la crédibilité, de l'histoire, simple et simplement dite. Trop de cette « préciosité » que vitupérait Paul Léautaud. On est ici à l'extrême opposé de l'érotisme cru et sans nulle recherche de style

dont fait preuve la grosse production d'aujourd'hui qui se revendique pornographie pure et simple. Les deux étant aussi fastidieux.

Dans une grange, Gérard a attaché son cousin Pierre à une poutre. Il commence par le fouetter avant de le violer.

Pierre gémissait mais ne bronchait pas ; il était à la fois ligoté si bas et si haut qu'il ne pouvait ni se tenir complètement debout ni être tout à fait agenouillé. L'ombre me cachait ses meurtrissures. Il appuyait le front sur ses poings ; peut-être pleurait-il déjà !

J'avais la bouche ouverte, car mon souffle m'oppressait et je voyais mieux qu'en plein jour ce corps incliné. La cravache était mon bras ; elle me prolongeait comme si tout entier j'étais elle-même et si c'était moi qui m'abattais sur ce dos et ces cuisses que ma violence adorait.

Je n'étais plus un garçon, j'étais des coups au visage de garçon. Aussi bien je me serais frappé moi-même. J'étais debout et me broyais la paume avec le cuir, pour résister au besoin de me jeter sur ce corps. Alors, l'amour, cachant le sang qui coulait le long des mollets de Pierre et se perdait dans le foin, l'amour, bourreau qui m'avait enseigné les règles du supplice, exaspérant mon sexe après mon bras, me révéla la splendeur de ce garçon à demi couché, qui semblait attendre le viol après mes coups. Sans lâcher la cravache, je m'approchai. Ma sueur était si lourde que j'avais l'impression de briller comme du métal ; la sueur de mon cousin sentait l'amour et je ne savais pas encore qu'elle était rouge. Je lui mordis la nuque de toute la bouche ; et son odeur, l'odeur de ses bras, de sa poitrine, de ses couilles, m'envahit à en perdre la tête.

Ma main reconnaissait Pierre, lentement, de l'épaule jusqu'au ventre et, comme je levais le bras pour renverser sa tête et lui baiser la bouche, l'odeur de son aisselle, fatigue et désir mêlés, acheva de me griser. Puis ces deux odeurs s'unirent et, lorsque mon corps se trouva dans celui

de Pierre, autour de nous elles avaient rendu vivante une troisième personne : c'était l'amour.

J'avais entre les paumes la taille de mon cousin. Je l'avais forcé à se remettre droit sur ses jambes, le buste restant courbé par ses liens. Je le possédais, inquiet de voir à chaque seconde le bonheur m'échapper déjà, puisque je le sentais venir et que le faire venir était le tuer. Pierre avait essayé de résister, il avait durci ses muscles, mais lorsque mon désir lui eut montré que j'étais le plus fort, il s'abandonna et une grande douceur s'empara de son corps. Je ne voyais plus rien, mes mains ne sentaient plus ce qu'elles touchaient, des pensées me traversaient avec la violence de chevaux emballés.

J'enlaçais son ventre de mes bras, je déchaînais en lui un ouragan de brutalité. Un instant de répit me montra qu'il pleurait. Je compris que ce n'était plus de mal, qu'il connaissait à son tour le plaisir d'être pris par celui qu'on aime, mais que le garçon se révoltait contre sa propre volupté.

L. B.

PÉDÉRASTIE PASSIVE
OU
MÉMOIRES D'UN ENCULÉ

1911

S'il est un titre qui ne doit pas échapper à la présente anthologie, c'est bien celui-ci !

Paru au début du siècle (Pascal Pia mentionne un catalogue de 1911 où figure ce titre) et réédité en 1993, puis en 2001, dans les Cahiers Gay-kitsch-camp, *ce livre constitue un manifeste enthousiaste en faveur de la sodomie passive. Toutefois, on peut également y voir une manière de réquisitoire contre les établissements religieux et contre ces hommes refoulés et pervers qui ont fait vœu de chasteté et qui ont à charge « d'éduquer » de jeunes garçons.*

C'est surtout un manuel très élaboré d'initiation aux plaisirs amoureux. De maître à élève, les techniques se transmettent, masturbation, fellation, sodomie, par la théorie et par la pratique. À défaut de le reproduire en son intégralité, bornons-nous à en citer quelques passages, discours pédagogiques suivis d'applications, les uns et les autres attestant qu'il n'est rien de plus beau, en vérité, que la transmission d'un gai savoir…

(L'auteur en est inconnu ; ce peut être un adepte convaincu, un total inconnu, un écrivain de renom qui se serait amusé à commettre son « livre-défouloir ».)

C'est dans la chambre du « très cher frère » Léonce que va se donner un cours bien particulier, cours pratique et théorique pour le plus grand profit d'un jeune élève d'à peine douze ans, mais bien appliqué…

L'anus se trouve fermé par un muscle formant anneau, appelé sphincter. C'est ce muscle qui, dans le début, fait résistance à l'introduction, et comme tu l'as vu sur toi-même, il cède sans beaucoup d'efforts ; et, à force d'opérer, ton anus prendra vite la forme d'un entonnoir, ce qui rendra l'enfilade plus facile par la suite. Car, en effet, les premières fois, il faut une certaine habitude pour y entrer du premier coup. L'anus faisant saillie au-dehors, forme naturellement un petit bourrelet de chair, et l'orifice se trouvant tout au bout de ce bourrelet, ce n'est qu'avec de la patience qu'on finit par le renfoncer un peu au-dedans, et la pénétration a lieu. Plus tard, au contraire, l'ouverture du cul forme une espèce de cavité ou renfoncement, et il suffit d'écarter les fesses, et de poser le bout de la pine sur le bord, pour que cet outil s'introduise immédiatement et sans souffrance.

[…]

Je crois n'avoir rien oublié et je vais résumer les divers moyens de jouir que l'homme peut employer ; à mon avis, il y en a sept :

1. D'abord le moyen si commun du baisage des femmes, c'est-à-dire l'introduction du membre viril dans le vagin féminin. Ce moyen n'est guère pratiqué que par des gens dénués de tout sentiment artistique. La femme possède une gaine très large et très profonde qui n'enserre nullement la queue, et pour peu que vous ayez cette queue d'un calibre moyen, vous ne ressentez rien ; et de plus, outre que

vous êtes sujet à leur faire un enfant, à les engrosser, vous pouvez aussi, si elles ne sont pas propres, vous empoisonner pour toute votre vie avec les maladies vénériennes.

2. Un autre moyen existe encore de posséder la femme, je veux parler de leur cul, mais cette façon est rare et n'est guère pratiquée que par des femelles véritablement passionnées.

3. Le branlage, c'est-à-dire l'agitation du vit par une main experte. Bien branler est difficile. [...]

Quelques amateurs, pendant l'opération, font mettre à genoux le branleur, puis, posant une de leurs jambes sur une chaise se font introduire la langue dans le trou du cul, et cela par petites saccades. Cela s'appelle faire feuille de rose, et j'avoue que la jouissance est beaucoup plus vive.

4. L'enculage se pratique sur une femme ou sur un homme, mais les véritables pédérastes préfèrent toujours l'homme ; l'anus de ce dernier est en effet plus resserré que celui de la femme, de sorte que la jouissance en est plus accentuée.

[...]

Pendant cette longue conversation, le frère me tenait dans ses bras, et nos mains étaient occupées à fourrager entre nos cuisses. Sa pine, depuis longtemps raide comme je ne l'avais vue, frappait mon ventre de petits coups comme quelqu'un qui heurte l'huis d'un appartement où il voudrait bien pénétrer. Je résolus de ne pas le faire attendre, et ma bouche à l'oreille de frère, je demandai à être sacrifié, je me dévouai ! Il est vrai que j'étais dans un état inexprimable.

Mon cher ami, pour me remercier, me donna un baiser ineffable en dardant sa langue dans ma bouche, ce qui m'excita davantage. « Voyons d'abord, me dit-il, cette pauvre victime rose ! Voyons d'abord si ces anciennes blessures vont lui permettre de soutenir un nouvel assaut ? »

Il me fit mettre à califourchon près de sa figure, passa un examen minutieux et si approfondi que bientôt, je sentis quelque chose de frétillant me pénétrer ; c'était sa langue qui me préparait ainsi au martyre.

Ce badinage dura peu ; le frère, allongeant le bras, s'empara du papier contenant encore un peu du saindoux dérobé à la cuisine, et en enduisit largement mes fesses, la raie, et la victime. Son doigt, si expert, en graissa les parois intérieures, et il n'oublia pas d'en mettre également une bonne couche sur le membre sacrificateur.

Je lui dis que la position que je choisissais était, lui couché sur le dos, et moi à cheval sur lui de façon à diriger le mouvement moi-même.

J'avoue qu'en voyant sa pine si grosse et si raide se balancer fièrement sur son ventre, j'eus un moment de regrets, mais ce ne fut que passager et j'enfournai résolument mon ami.

Il m'écarta les fesses, et je sentis son outil battre contre mon trou du cul. Je l'empoignai et le mettant juste sur l'ouverture, je me posai dessus, appuyant légèrement. Je sentis la tête refouler les chairs. J'appuyai de nouveau et davantage. Bientôt j'éprouvai une petite douleur suivie d'un commencement de dilatation.

Encouragé par le sourire du frère Léonce qui du reste me laissait diriger l'opération, j'insistai petit à petit, ce qui fit pénétrer le bout de l'instrument.

Je suspendis un moment la pression car je sentais un élancement douloureux du sphincter qui se distendait. Après quelques secondes de repos j'appuyai à nouveau mes fesses sur sa pine. Probablement que le gland, plus volumineux que la base, avait déjà dépassé le muscle douloureux car la souffrance diminuait d'intensité, et je pus bientôt, en allant très doucement, poser mes fesses sur les cuisses et les couilles du frère.

Mon pucelage n'existait plus, et je sentais son gros vit raide et bien vigoureux dans mon cul. Une envie folle me prit d'embrasser sur la bouche celui qui venait ainsi de m'enclouer. Je me baissais doucement, et nos langues se caressèrent.

Nous restâmes un instant sans bouger, car les mouvements étaient pénibles, puis je me redressai, et sur les

conseils du frère Léonce, je me mis à élever et à baisser le haut du corps, lentement d'abord, puis de plus en plus vite. Je voyais à la figure de mon ami que cette manœuvre le plongeait dans l'extase. Moi, de mon côté, tout en ressentant une certaine cuisson, j'éprouvais un grand sentiment de bien-être. Mon partenaire ne restait pas inactif, tout en me secondant par un léger coup de reins, il s'était emparé de ma pine et me branlait délicatement de la main droite, tandis que la gauche me caressait les cuisses et les fesses. Je voulus profiter de ses bonnes leçons : passant mon bras droit derrière son dos, je m'amusais à lui peloter ses couilles et de la main gauche je lui pressais les tétons.

Je sentis soudain sa pine se gonfler davantage, et me rappelant ses recommandations, je le serrai de toutes mes forces avec mon anus, tout en précipitant le mouvement. Bientôt je vis mon cher professeur les yeux retournés, poussant de forts soupirs, et je sentis le jet de foutre qu'il dardait dans mes intestins. Dans sa jouissance il avait abandonné ma pine, mais j'étais tellement excité que je terminai moi-même mon branlage. Secoué par le plaisir, je m'affalai sur le corps de mon ami.

Lorsque nous revînmes à nous, sa pine était toujours dans son étui, et cela malgré son dégonflement ; il est vrai que je faisais tout mon possible pour l'y maintenir. Je ne me serais jamais douté qu'un pareil morceau de chair dans le cul pût occasionner semblable plaisir.

Frère Léonce ne savait comment me témoigner sa reconnaissance. Il me baisait sur la bouche et sur les yeux.

— Oh ! mon chéri, me disait-il ; tu ne peux te figurer la joie que tu m'as donnée ! Dans quelle jouissance tu m'as plongé, lorsque ton petit cul, se resserrant, m'a forcé de jouir. Je ne sais ce qui arrivera dans l'avenir, mais dès ce moment, tu promets d'être un enculé hors-ligne, et je puis te prédire à l'avance que bien des hommes se disputeront l'honneur de mettre leur pine en contact avec ton cul, si savant déjà.

— Mon ami, lui dis-je, mon savoir ne prouve qu'une chose, c'est que l'élève a hâte d'être à la hauteur du professeur.

PIERRE LOUŸS

TROIS FILLES DE LEUR MÈRE

1926

Selon l'expression de Pieyre de Mandiargues qui le préfaça, Pierre Louÿs (1870-1925) fut « un des plus grands et glorieux érotomanes de la fin du dix-neuvième siècle et du début du vingtième. »

Car l'érotisme, de toute évidence, a bel et bien dirigé sa vie et son œuvre. En témoigne l'impressionnante quantité d'inédits qu'il a laissée à sa mort : des textes, des fiches bibliographiques, des milliers de photos de femmes, de couples, de petites filles…

Pierre Louÿs a écrit aussi nombre d'articles, de poèmes, de nouvelles, ainsi que des romans qui lui ont assuré, de son vivant, la célébrité : Les Chansons de Bilitis, Aphrodite, mœurs antiques, Les Aventures du roi Pausole *et surtout* La Femme et le Pantin, *qui fut adapté à plusieurs reprises pour le cinéma.*

Parmi les textes de Pierre Louÿs publiés à titre posthume, il faut citer en priorité deux chefs-d'œuvre incomparables, le Manuel de civilité pour les petites filles à l'usage des maisons d'éducation *et* Trois Filles de leur mère *dont voici quelques charmants extraits, où l'humour n'est jamais absent, et où les goûts sodomites de Pierre Louÿs s'étalent voluptueusement.*

En ce vingtième siècle commençant, la prostitution, même et surtout enfantine, était très répandue en Europe, comme elle l'est encore actuellement dans les pays « en voie de développement ». Trois Filles de leur mère *raconte les aventures sexuelles d'une homme avec une femme de trente-six ans, Térésa, et avec ses trois filles qu'elle prostitue, Mauricette, quinze ans, Lili, dix, et Charlotte, vingt. Et c'est avec cette dernière, après avoir couché avec la mère et les deux autres filles, que se trouve maintenant l'heureux homme…*

— Ne comprends-tu pas que tu me ferais jouir si j'avais ta queue dans mon derrière et ta bouche sur ma bouche pendant que je me branle ?

— Enfin ! dis-je avec éclat, je ne peux pourtant pas vous enculer toutes les quatre !

J'avais dit cette phrase avec tant de mauvaise humeur que la pauvre Charlotte se mit à pleurer.

— Voilà bien ma chance, fit-elle. On dit que je suis gentille et c'est toujours moi qu'on attrape. Tu as été charmant pour ma mère et mes sœurs. Je viens pour toute la nuit et dès les premiers mots, j'ai déjà une scène.

Elle pleurait simplement, sans aucun sanglot, mais n'en paraissait que plus pitoyable. Je la pris dans mes bras, je balbutiai :

— Charlotte ! ne pleure pas ! je suis au désespoir.

— Et naturellement voilà que tu débandes ! Tu as bandé pour maman, pour Ricette et pour Lili ; mais auprès de moi, voilà… voilà…

Les larmes l'étouffaient. J'étais désolé. Je ne savais comment arrêter cette douleur peu raisonnable, quand Charlotte se releva, et avec ce besoin de logique et de clarté qui est le propre des esprits simples, elle reprit de sa voix lente et bonne :

— Je t'ai dit que je ferai tout ce que tu voudras. Tu peux jouir dans mon chat, dans mon cul, dans ma bouche, entre

mes seins, sous mes bras, dans mes cheveux, sur ma figure, jouis dans mon nez si ça t'amuse, je ne peux pas mieux dire, voyons ! je ne peux pas être plus gentille !

— Mais ma Charlotte…

— Mais mon chéri, tu me demandes quel est mon plaisir, eh bien mon plus grand plaisir, c'est de me branler quand on m'encule. Nous sommes toutes les quatre comme ça, nous avons ça dans le sang, ce n'est pas ma faute. Et nous ne sommes pas les seules, mon Dieu ! Ce que j'en ai vu quand j'étais gosse, des écolières et des arpètes qui me disaient en confidence : Moi aussi, j'aime bien qu'on m'encule.

— Alors…

— Alors fais de moi ce qu'il te plaira si c'est ton plaisir que tu cherches ; mais si c'est le mien, encule-moi et laisse-moi me branler toute seule. As-tu bien compris ?

Nos bouches se réunirent et le premier effet de la réconciliation fut de me remettre aussitôt dans un état plus digne d'elle. Je cédai à ce qu'elle voulut, mais elle ne me prit pas au mot sur le champ et, après m'avoir rappelé qu'elle n'aimait pas qu'on lui fît minette, elle se mit légèrement sur moi, tête-bêche. C'était une bien jolie chose que le con de Charlotte, peut-être parce qu'elle ne s'en servait guère… mais non, car le second trou dont elle se servait tant, était sans défaut comme celui de Térésa.

Toute molle et calme qu'elle fût, Charlotte était une jeune personne fort humide, une de celles qui disent : « Je mouille pour vous » comme une autre dirait : « Je brûle ». Ses poils étaient bien plantés, plus lustrés et moins longs que ceux de sa mère, mais ils croissaient aussi à la naissance des cuisses et ils emplissaient le sillon de la croupe.

Après tout ce que venait de dire Charlotte, je ne voulus pas lui laisser de doute sur mes intentions. J'ouvris ses fesses entre mes mains et je touchai du doigt ce qu'elle m'offrait… Je me rappelais une jeune fille à qui j'avais fait cela et qui s'était écriée avec un frémissement de l'arrière-train :

« Oh ! ta queue ! ta queue ! ta queue ! » Charlotte coulait beaucoup, mais ne frémissait guère et ne criait pas. En outre elle était plus habituée à donner des caresses qu'à en recevoir. Par une méprise que sa profession expliquait assez, elle prit mon geste pour un signal et comme elle ne léchait que mes testicules, elle me donna sa langue plus bas.

Charlotte n'était pas vicieuse.

La plupart des hommes ignorent tellement l'adolescence féminine qu'ils ne sauraient comprendre comment une jeune fille peut avouer son goût de se branler quand on l'encule et n'avoir aucun sens du vice. Les jeunes filles me comprendront mieux et cela me console, car il est évident que ce livre sera lu par les jeunes filles plus souvent que par les maris.

[...]

Elle était couchée auprès de moi. Elle se retourna sans aucun dessein de me proposer une posture ; mais je me hâtai de la prendre ainsi.

Cela se fit avec une facilité extraordinaire et que j'éprouvai maintes fois par la suite. L'anus de Charlotte ressemblait à ces gaines de poignard qui sont parfaitement strictes et ajustées, mais où la lame entre d'elle-même. Pour le dire crûment, mais en termes clairs : aussitôt qu'on bandait sous les fesses de Charlotte, on les enculait malgré soi, mais l'entrée en était aussi ferme que souple, et, par un ensemble de qualités qu'il serait indécent de louer outre mesure, on y pénétrait plus vite que l'on ne pouvait en sortir.

Charlotte enculée devint encore plus Charlotte qu'avant : plus molle, plus humide, plus douce, plus tendrement abandonnée, je m'étais un peu retourné, de telle sorte qu'elle était presque couchée sur moi de dos, ce qui lui permit d'ouvrir les cuisses dans tout leur écartement. J'y mis la main avant elle : c'était un lac. Songeant qu'elle ne s'était pas encore branlée, je me demandai quel phénomène jaillirait sous ses doigts quand elle aurait fini.

Ses gémissements commencèrent au premier moment qu'elle fut pénétrée et durèrent huit ou dix minutes, sans crescendo, sans effet. Elle semblait insouciante de dissimuler son plaisir et surtout de le crier comme une actrice. Elle se branlait si lentement que sa main paraissait immobile, et moi-même, comprenant assez qu'elle aimait ces voluptés calmes, je ne faisais dans ses chaudes entrailles que des mouvements imperceptibles. Vers la fin, prise d'un scrupule qui la peint tout entière, elle tourna vers moi un œil languissant, et me dit avec faiblesse :

— Veux-tu que je te parle ? Tu vois si je suis contente quand tu m'encules ! Aimes-tu que je te dise tout ce que je sens pendant que j'ai ta queue dans le trou du cul ?

— Non. Dis-moi seulement quand…

— Quand je déchargerai ?

— Oui.

— Quand tu voudras. Aussi souvent que tu voudras. Je l'ai fait en t'embrassant avant que tu ne m'encules et je suis prête à recommencer.

— Tout de suite ?

— Mais oui. Tu ne vois donc pas que je me branle « autour » ? Quand tu me diras de jouir, je jouirai.

Ces choses-là ne se disent pas. Je lui fis comprendre que je l'attendais et son plaisir, qui devança le mien d'un instant, se prolongea pourtant davantage, car les femmes jouissent plus longtemps que nous.

PIERRE LOUŸS

MANUEL DE CIVILITÉ POUR LES PETITES FILLES À L'USAGE DES MAISONS D'ÉDUCATION

1926

Voilà sans doute le genre de « travaux d'érudition » auxquels fait pudiquement allusion le Petit Robert lorsqu'il dit : « Après une fantaisie écrite dans l'esprit du XVIIIe siècle, *Les Aventures du roi Pausole,* Pierre Louÿs devait presque totalement délaisser la littérature et se consacrer à des travaux d'érudition. »

Quoi qu'il en soit, voici, pour notre plus grand plaisir, quelques délicieux extraits de ce petit chef-d'œuvre, publié, ainsi que Trois Filles de leur mère, *en 1926.*

Une petite fille qui s'éveille doit avoir complètement fini de se branler lorsqu'elle commence sa prière.

Le plus joli cadeau que puisse faire une petite fille, c'est un pucelage. Comme celui de devant ne peut se donner qu'une fois, donnez cent fois celui de derrière et vous ferez cent politesses.

Si une dame refuse de s'asseoir, ne lui donnez pas de conseils sur le danger de se faire enculer par les maladroits.

Si vous vous asseyez sur la cuisse gauche de monsieur votre père, ne vous frottez pas le cul sur sa pine pour le faire bander, à moins que vous ne soyez seule avec lui.

Ne racontez à personne que mademoiselle votre sœur met son traversin entre ses cuisses, se frotte contre lui et l'appelle Gaston.

N'enculez pas de force la femme de chambre avec un manche à balai. Vous pourriez lui faire très mal.

Pénétrez-vous de cette vérité que toutes les personnes présentes, quel que soit leur sexe et leur âge, ont la secrète envie de se faire sucer par vous, mais que la plupart n'oseront pas l'exprimer.

Quand vous allez chez celui de vos amants qui a l'habitude de vous enculer, ne vous fardez pas le trou du cul dans le cabinet de toilette de madame votre mère, avec le bâton rouge qui lui sert pour les lèvres.

En général, placez-vous à genoux sur un fauteuil, relevez vos jupes sur le dos et ouvrez-vous les fesses avec les deux mains, de façon à présenter vos deux orifices entre lesquels le monsieur pourra choisir sa voie en toute liberté. C'est la posture la plus polie.

Dans toutes circonstances, tourner le dos à un vieillard est une attitude considérée comme impolie. Cependant une petite fille nue qui présente ses fesses à un vieux marcheur est sûre de n'être pas grondée.

Ne dites pas : « Quand j'aurai du poil au cul. » Dites : « Quand je serai grande. »

Ne dites pas : « Elle se laisse enculer par tous ceux qui lui font minette. » Dites : « Elle est un peu flirteuse. »

Ne dites pas : « Je l'ai vue baiser par les deux trous. » Dites : « C'est une éclectique. »

Ne dites pas : « Il baise très bien les petites filles, mais il ne sait pas les enculer. » Dites : « C'est un simple. »

GINA LYNN

PAR L'ENTRÉE DES ARTISTES

1997

En matière de production érotique, le titre est significatif du contenant, ou tout au moins devrait l'être. Après tout, c'est lui (autant que l'illustration de couverture et le texte de présentation de la quatrième) qui doit faire vendre l'ouvrage.

Surtout, le titre doit être explicite car l'amateur du genre veut savoir où il met les yeux, selon que ses goûts le portent vers les fruits verts, vers le fouet et le S.M., vers l'inceste, la bestialité, l'exhibitionnisme, etc. (Il en est évidemment de même en matière de cinéma : des titres de films – authentiques – tels que Baisez-moi partout, Fesses en feu, Perversions très intimes, Pénétrations spéciales, Entrez aussi par-derrière, Coupe-toi les ongles et passe-moi le beurre, *etc., sont sans ambiguïté !)*

Ainsi en est-il de titres tels que Par l'entrée des artistes *ou* Les Portes secrètes *qui ne semblent laisser planer aucun doute quant au thème développé. Il s'agit là, on peut le supposer, de métaphores plus ou moins évidentes qui désignent la sodomie. (À moins qu'il ne s'agisse de livres sur le théâtre, ou sur la menuiserie !...) Ainsi le client en a pour son argent.*

Par l'entrée des artistes, *signé Gina Lynn (pseudonyme derrière lequel se cache un écrivain et journaliste – ce qui peut*

aussi laisser supposer un roman à clefs) est ici un titre à double direction : il concerne à la fois l'univers du spectacle et celui de la sodomie. Avec un tel titre, toutefois, il convenait bien évidemment que le morceau de bravoure se déroulât sous les auspices de Sodome.

Je ne fais pas de la sodomie une habitude. Certes, j'ai déjà été assez souvent enculée : il y a bien des garçons qui aiment faire ça, et qui estimeraient ne pas vraiment avoir fait l'amour s'ils ne l'avaient fait aussi par cette voie « contre nature ». Avec Julien, il nous arrive de pratiquer ce genre de fantaisie, mais avec modération, et lui-même avoue que cet étroit conduit est moins voluptueux, que c'est une grotte rugueuse si on le compare au tunnel moelleux de la chatte. Psychologiquement, il offre le plaisir de la transgression, mais physiquement, rien ne vaut un con qui mouille – tel est le verdict sans appel de mon fiancé.

Ce n'est manifestement pas l'avis de Lucas Zimmer, dont le mandrin est en train de me défoncer. J'ai l'impression qu'il me déchire le sphincter ! Il avance, millimètre par millimètre, et soudain, c'est comme un soulagement, j'ai englouti le gland. Dès lors c'est plus simple, il s'enfonce vite en moi et, me tenant fermement, exécute un va-et-vient impeccable. Cette impression de plénitude, se faire ainsi remplir, combler : je comprends ce qui peut plaire là-dedans à pas mal de filles.

Pour moi, ce soir, c'est surtout la fierté, une gloriole un peu bête mais humaine : celle d'avoir franchi les degrés d'une initiation, d'avoir payé de ma personne, de m'être dépensée sans compter, et de recevoir ici, comme une récompense, l'hommage anal du maître de maison. Les petits désagréments ne sont rien auprès de l'essentiel : moi qui ne suis rien, une simple gamine, je suis actuellement enculée, sous l'œil bienveillant de ses amis, par le grand Zimmer en personne !

J'ai à peine le temps de savourer l'instant. La pine qui me transperçait s'échappe, et son propriétaire repasse à Ophélie. Les doigts de Béatrix, munis de crème, vérifient aussitôt l'entretien de ma lubrification anale. Lucas, lui, ébranle le cul d'Ophélie de secousses homériques, d'une énergie croissante. C'est la saillie de la génisse par un taureau en rut. Ma copine grimace, sans que je puisse savoir si c'est de plaisir ou de douleur. Ça ne dure pas, Lucas me revient. Il s'engloutit, profitant de ce que je suis encore béante, et entame une chevauchée trépidante. Je n'ai encore jamais vécu ça de ma vie. Par le con, j'en ai vu des vertes et des pas mûres, mais jamais je n'ai eu le trou du cul ainsi assailli. C'est un piston qui me fouaille, me taraude, une épée qui me transperce jusqu'aux intestins…

Je manque crier de déception quand il me quitte encore pour rejoindre l'autre réceptacle, le cul d'Ophélie. Toutes les deux, nous avons l'anus en manque, le désir fou d'être enculées à fond, comme des chiennes, comme des salopes que nous sommes. Et nous commençons à comprendre la perversité du jeu de Lucas Zimmer, qui va de l'une à l'autre pour que nous implorions le retour de sa queue, chacune espérant secrètement qu'il va se répandre en elle.

Ça y est ! Il est en moi, il m'empale, il accélère encore, il va gicler… mais il se retire encore, déception ! Je jette un coup d'œil à Ophélie, qui est dans le même cas que moi, penaude, désolée.

Pourtant, Lucas Zimmer est en train d'éjaculer, mais ni dans son cul, ni dans le mien : dans la gorge de sa petite compagne japonaise, qui s'est faufilée entre nous, s'est retournée, et lui tendait sa bouche ouverte, comme implorante. Religieusement, elle avale toute la semence de celui qui se conduit comme son maître, pressant entre ses fines lèvres dévotes la pine qui vient de se partager frénétiquement entre nos deux anus.

JEAN-LUC MATTHIEU

VIT DE JÉSUS

2000

Paru aux éditions La Bartavelle en 2000, ce petit texte est une « revisitation » de l'Évangile aussi hilarante que sacrilège. Que celles et ceux qui souhaitent mourir en odeur de sainteté s'abstiennent de lire l'extrait impie qui suit. Et que les foudres du Ciel s'abattent sur celle ou celui qui s'abrite lâchement derrière ce pseudonyme !

— Maman, je crois que le Saint-Esprit m'a éclairé moi aussi. Il me commande de te faire du bien. Comme ceci, comme cela, plus vite, aimes-tu ?

— J'adore, Jésus. Je te sens si bien, tu es tellement gros, tellement fort. Mais, penchons-nous, faisons un quart de tour. Sur le côté, tu vas voir, comme c'est reposant.

— Bien, Mère, mais tu en veux encore, n'est-ce pas ? Tu veux que je te comble de tout mon amour ?

— Oh oui, secoue-moi, ébranle-moi, défonce-moi, que la volonté du Seigneur soit faite.

— C'est trop bon, je vais jouir… je jouis !

— Moi aussi !

Ce fut un feu d'artifice dans le con de Marie. Jésus étreignit sa mère. Il la couvrit de baisers et ils remercièrent ensemble le Très-Haut.

— Maman chérie, reprit Jésus après un repos, le Saint-Esprit me souffle que tout n'est pas accompli. Il y a d'autres façons de procéder que nous n'avons pas expérimentées, tant était grand mon désir de toi.

— Je le sais, mon fils, dit Marie en rougissant.

Elle pensait à la manière dont Gabriel l'avait pénétrée.

— Il est une posture, poursuivit-elle qui peut sembler audacieuse entre une mère et son grand fils. Cependant, j'ai des raisons de penser qu'elle est sanctifiée par le Ciel. As-tu encore envie de moi ?

— Ne le sens-tu pas, ô Mère ?

— C'est vrai, tu bandes déjà à nouveau. Tu es vraiment adorable.

Alors celle qu'on appelait la Vierge se retourna, prit l'attitude des animaux en temps de rut. Sans doute n'avait-elle plus la sveltesse de l'adolescente que l'étranger nommé Gabriel avait si bien bourrée, mais son indécente posture excita Jésus, dont l'érection s'accrut. Il comprit ce qu'il devait faire, vint se placer derrière sa mère et, guidé par l'Esprit Saint, sut placer son vit dans la position adéquate pour embrocher toute femelle ainsi disposée.

Quand il s'introduisit, Marie gémit très fort et invoqua l'Éternel. Ce bélier de chair qui la pénétrait l'emplissait d'une volupté sans pareille. La mère de Jésus avait trouvé sa position préférée, et ce d'autant plus que s'y mêlait le souvenir toujours vivace de sa rencontre avec Gabriel, laquelle avait amené la conception de celui qui maintenant la possédait.

Jésus limait, en bon charpentier, soigneusement et méticuleusement. Il admirait le corps toujours souple de Marie, sa chute de reins bien cambrée. Il goûtait la douceur de velours de son con étroit d'avoir si peu servi. Il était troublé par les fesses bombées qui s'entrouvraient à chacun de ses coups de reins, dévoilant ses territoires les plus

intimes : la raie parsemée de poils bouclés et, tout au fond, la frémissante étoile brune qu'il n'avait encore jamais observée. Il y risqua un doigt, espérant que ce geste hardi ne déplairait pas à Marie.

Sans doute l'Esprit Saint guidait-il en cet instant les amants bénis, car loin d'être offensée, Marie accueillit la caresse avec reconnaissance, comme une opportunité.

— Oui, mon fils, murmura-t-elle, il faut que tu apprennes aussi à fréquenter cette voie. Certaines l'attendront de toi, et certains aussi probablement.

Sans comprendre ce discours sibyllin, Jésus obéit, retira à regret du vagin maternel son membre dégoulinant et en pressa le gland contre le petit orifice.

— Je ne pourrai jamais entrer, fit-il déconfit.

— Comment la Foi qui déplace les montagnes ne pourrait-elle investir les fondements ? proclama Marie en s'écartant elle-même à l'extrême.

La force fut en effet irrésistible. Il franchit l'anus, et vit que cela était bon. Mais Marie cria et il en eut un scrupule.

— Mère, n'est-ce pas péché que de vous prendre de la sorte ? Dieu n'a-t-il pas châtié les habitants de Sodome parce qu'ils en usaient ainsi ?

— Détrompe-toi, répondit Marie entre deux hoquets. Ce sont les grands prêtres hypocrites, les conseillers du Sanhédrin, pharisiens et autres sépulcres blanchis, qui ont répandu cette légende. Les Sodomites ont été anéantis par le feu du Ciel à cause de leurs malversations financières, non de leurs plaisirs innocents. Bourre-moi encore et encore et, si tu aimes le cul de ta mère, mon chéri, jouis dedans !

Jésus ne se fit pas prier. Longuement il fit coulisser son bâton de Moïse dans l'étroit conduit, au risque de déchirer Marie qui geignait de souffrance et râlait de plaisir en même temps.

Enfin, il ne put se retenir plus longtemps et, comme elle le souhaitait, jaillit à gros bouillons dans le secret de ses intestins. Épuisés, le fils et la mère s'effondrèrent l'un sur

l'autre. Elle se retourna vers lui. Un sourire d'extase baignait son beau visage. Leurs bouches se rencontrèrent et, au milieu de ce pur baiser, Marie chuchota seulement :

— C'était divin.

MIRABEAU

LE RIDEAU LEVÉ
OU
L'ÉDUCATION DE LAURE

1786

Bien qu'il soit communément attribué à Mirabeau, ce petit roman de la fin du XVIIIe *siècle est très contesté. Ainsi Fleuret et Perceau (in* L'Enfer de la Bibliothèque nationale*) l'attribuent au marquis de Sentilly, gentilhomme bas-normand. Mais il est vrai que l'œuvre et la personnalité de Mirabeau sont telles qu'il est bien commode de lui reconnaître moult enfants naturels…*

La première édition de ce grand classique de la littérature érotique parut en 1786, imprimée à Alençon, chez Jean-Zacharie Malassis. Ce livre, comme nombre de ses semblables au cours des siècles dans notre meilleur des mondes, fut évidemment condamné à plusieurs reprises.

Élevée par son cher papa (mais qui n'est pas réellement son père, ainsi la morale est préservée), Laure grandit en sagesse et en âge. Tout au long de sa prime jeunesse, son excellent homme de père ne lui a ménagé ni ses sages enseignements, ni ses tendres caresses. Scrupuleux néanmoins, l'aimable philosophe

patiente jusqu'aux seize ans révolus de Laure pour parfaire son éducation…

Ce fut dans une de ces charmantes nuits qu'il me fit goûter une nouvelle sorte de plaisir, dont je n'avais pas l'idée, que non seulement je ne trouvai pas moins délicieux, mais encore qui me parut des plus vifs :

— Ma chère Laure, aimable enfant, tu m'as donné ta première fleur ; mais tu possèdes un autre pucelage que tu ne dois ni ne peux me refuser si je te suis toujours cher.

— Ah ! si tu me l'es ! Qu'ai-je donc en moi, cher papa, dont tu ne puisses disposer à ton gré et qui ne soit pas à toi ? Heureuse quand je puis faire tout ce qui peut contribuer à ta satisfaction, mon bonheur est établi sur elle !

— Fille divine, tu m'enchantes, la nature et l'amour ont pris plaisir à former tes grâces ; partout en toi séjourne la volupté, elle se présente avec mille attraits différents dans toutes les parties de ton corps ; dans une belle femme qu'on adore, et qui paie d'un semblable amour, mains, bouche, aisselles, tétons, cul, tout est con.

— Eh bien ! choisis, tu es le maître et je suis toute à tes désirs.

Il me fit mettre sur le côté gauche, mes fesses tournées vers lui. Et, mouillant le trou de mon cul et la tête de son vit, il l'y fit entrer doucement. La difficulté du passage levée ne nous présenta plus qu'un nouveau chemin semé de plaisirs accumulés ; et, soutenant ma jambe de son genou relevé, il me branlait, en enfonçant de temps en temps le doigt dans mon con. Ce chatouillement réuni de toutes parts avait bien plus d'énergie et d'effet ; quand il reconnut que j'étais au moment de ressentir les derniers transports, il hâta ses mouvements, que je secondais des miens. Je sentis le fond de mon cul inondé d'un foutre brûlant, qui produisit de ma part une décharge abondante. Je goûtais une volupté inexprimable, toutes les parties sensibles y concouraient, mes transports et mes élans en faisaient une démonstration convaincante ; mais je ne les

devais qu'à ce vit charmant, pointu, retroussé et peu puissant, porté par un homme que j'adorais.

— Quel séduisant plaisir, chère Laurette ! et toi, belle amie, qu'en dis-tu ? Si j'en juge par celui que tu as montré, tu dois en avoir eu beaucoup !

— Ah ! cher papa, infini, nouveau, inconnu, dont je ne peux exprimer les délices, et dont les sensations voluptueuses sont multipliées au-delà de tout ce que j'ai éprouvé jusqu'à présent.

— En ce cas, ma chère enfant, je veux une autre fois y répandre plus de charmes encore, en me servant en même temps d'un godemiché, et je réaliserai par ce moyen l'Y du Saint-Père.

— Papa, qu'est-ce donc qu'un godemiché ?

— Tu le verras, ma Laure, mais il faut attendre un autre jour.

Une fois cette douce période d'initiation achevée, les jeux, de tête-à-tête en parties carrées, se poursuivent, se multiplient, se raffinent, se compliquent, sous la houlette de l'infatigable papa.

Elle s'était déjà saisie de son vit qu'elle fixait depuis longtemps, déjà Vernol me tenait embrassée et sa main s'était emparée de mon con, lorsque mon papa nous arrêta :

— Attendez, mes enfants, il y a une condition à laquelle j'attache ma complaisance ; il est juste que j'en sois payé. Si Vernol le met à Laure, je veux imiter cet homme de cour qui, faisant coucher avec sa femme un page qu'elle aimait, faisait en le cul de ce page la même opération qu'il faisait dans le con de sa dame. Il faut, de même, que pendant qu'il foutra Laure son cul soit à ma disposition.

Je me persuadai dans l'instant que les beautés de Vernol lui avaient inspiré des désirs, comme elles avaient fait naître les miens ; j'en fus enchantée, j'en devenais plus libre de me livrer à mes désirs, et cette pensée me

déchargea d'une entrave qui, jusque-là, m'avait donné quelque gêne. J'animai nos jeux avec les transports de la joie ; je tâchai d'y ajouter de ma part tout ce qui pouvait les rendre plus charmants : je me saisis de Vernol, j'arrachai sa robe, je présentai son cul, j'écartai ses fesses charmantes, son vit m'enfonçait le ventre.

— Non, Vernol, non, ne te flatte pas de me le mettre dans cette condition.

Rose, qui avait vu que mon papa me l'avait mis de même, s'écria qu'il n'avait pas à balancer, et jura qu'elle le tiendrait plutôt.

— Quoi, dit Vernol, quel serait donc l'obstacle qui pourrait m'arrêter ? Depuis longtemps, je suis à la torture ; que ne ferais-je pas, belle Laurette, pour jouir de vous et mourir dans vos bras ?

— En ce cas, dis mon papa, Rose sera aussi de la partie.

Dans le moment, la table fut enlevée et le bassin recouvert ; un coussin épais en remplissait l'étendue et était enveloppé d'un satin couleur puce, si propre à relever la blancheur. Cette niche était le vrai sanctuaire de la volupté. Nous fûmes à l'instant débarrassés de tout ce qui nous était étranger, et nous montâmes sur cet autel avec les seuls ornements de la nature, tels qu'ils étaient nécessaires pour offrir nos vœux à la divinité que nous allions encenser et pour les sacrifices que nous allions lui faire. Les glaces répétaient de tous côtés nos différents attraits. J'admirais ceux de Vernol. Ce beau garçon me prit dans ses bras, il me couvrit de baisers et de caresses ; il bandait de toute sa force. Je tenais son vit ; mon papa maniait ses fesses d'une main et, de l'autre, les tétons ou le con de Rose, qui nous caressait tous trois. Cédant enfin à notre fureur amoureuse, Vernol me renversa, écarta mes cuisses, baisa ma motte, mon con, y mit sa langue, suça mon clitoris, se coucha sur moi et me fit entrer son vit jusqu'aux gardes. Mon papa se mit aussitôt sur lui. Rose était sur les genoux, appuyée sur les coudes, son con tourné de mon côté ; elle entrouvrit les fesses de Vernol, en mouilla l'entrée et conduisit le vit de

mon papa dans la route qu'elle lui avait préparée. Pendant qu'ils agissaient, elle chatouillait les couilles de l'un et de l'autre. Je tenais son con, j'y mettais le doigt, je le branlais ; bientôt ma main fut toute mouillée, ses transports, qui parurent les premiers, nous excitèrent vivement : Vernol la suivit de près ; mon papa s'en aperçut, il hâta sa course qui m'était favorable ; je doublais mes mouvements, et nous tombâmes presque aussitôt dans la même extase : nos trois individus unis n'en faisaient pour ainsi dire plus qu'un, que Rose couvrait de ses baisers.

Revenus à nous-mêmes, nos caresses remplacèrent nos transports et remplissaient le temps que le plaisir nous laissait à parcourir ; elles nous remirent bientôt en état de le ramener à nous. Vernol avoua qu'il n'en avait jamais ressenti de pareil.

— Il faut l'avoir connu, dit mon papa, pour pouvoir en juger. Viens, ma chère Laurette, viens l'éprouver à ton tour. Vernol, moins fourni que moi, ne te procurera que des douceurs. Belle comme tu es, de quelque côté que ce soit il n'y a rien à perdre. Nous bandons, viens dans mes bras. Rose fera pour lui ce qu'elle a fait pour moi, et branlera ton clitoris en arrière, par-dessous les cuisses.

Je me jetai sur lui, je le mangeai de caresses. Rose introduisit son vit dans mon con ; elle ouvrit mon cul, elle mit le vit de Vernol dans sa bouche, elle en mouilla la tête ainsi que le passage où il devait entrer, et le conduisit elle-même. Placée comme elle était la première fois, elle me branlait et caressait les fesses de Vernol, tandis que mon papa, le doigt dans son con, la branlait aussi. Le sublime plaisir annonça bientôt sa présence, nous volions après lui, nous le saisîmes. Ah ! qu'il était grand ! Nous déchargions tous, nous étions inondés, le foutre ruisselait. Livrée aux plus vives sensations, j'étais dans un état convulsif. Après avoir été agitée comme un nageur qui se débat, un calme, non moins voluptueux que le plaisir, lui succéda. Ce resserrement, de frottement dans toutes parties délicates et sensibles, où se trouve le trône de la suprême volupté, me la

fit connaître dans l'extrémité de son dernier période. Je ne pus mettre en parallèle avec cette journée que celle où j'avais fait le sacrifice volontaire de mon pucelage.

ALFRED DE MUSSET

GAMIANI

1833

Il conviendrait, pour être tout à fait rigoureux, de mettre le nom de Musset entre parenthèses, car aucune preuve définitive n'a jamais été avancée qui permette de le créditer à coup sûr de ce texte – parfois un peu bâclé – qui fut un énorme succès (avec quarante et une éditions entre 1833, date de sa parution, et 1930).

Enfin, bref, comme il se trouve des exégètes de renom (Pauvert, Perceau, Apollinaire) pour assurer que Gamiani *est bien de Musset, du moins en partie, et étant donné que nombre d'éditeurs l'affichent sans vergogne (il est bien plus rentable de vendre un érotique signé Musset que signé Machin-Truc !), nous aurions bien tort d'avoir scrupule à prêter aux riches…*

Je voulus auparavant rompre avec les hommes. Pour n'avoir plus de désirs ou de regrets, j'épuisai tout le plaisir qu'ils peuvent nous donner. Par le moyen d'une célèbre entremetteuse, je fus exploitée tour à tour par les plus habiles, les plus vigoureux hercules de Florence. Il

m'arriva, dans une matinée, de fournir jusqu'à trente-deux courses et de désirer encore. Six athlètes furent vaincus et abîmés. Un soir, je fis mieux. J'étais avec trois de mes plus vaillants champions. Mes gestes et mes discours les mirent en si belle humeur qu'il me vint une idée diabolique. Pour la mettre à profit, je priai le plus fort de se coucher à la renverse, et, tandis que je festoyais à loisir sur sa rude machine, je fus lestement gomorrhisée par le second. Ma bouche s'empara du troisième et lui causa un chatouillement si vif qu'il se démena en vrai démon et poussa les exclamations les plus passionnées. Tous quatre nous éclatâmes de plaisir en raidissant nos membres. Quelle ardeur dans mon palais ! Quelle jouissance délicieuse au fond de mes entrailles. Conçois-tu ces excès ?

Aspirer par la bouche toute une force d'homme, d'une soif impatiente la boire, l'engloutir en flots d'écume chaude et âcre, et sentir à la fois un double jet de feu vous traverser dans les deux sens et creuser votre chair… C'est une jouissance triple, infinie, qu'il n'est pas donné de décrire. Mes incomparables lutteurs eurent la généreuse vaillance de la renouveler jusqu'à extinction de leurs forces.

JOSEFINE MUTZENBACHER

HISTOIRE D'UNE FILLE DE VIENNE RACONTÉE PAR ELLE-MÊME

1906

Le genre le plus usité en matière de fiction érotique est sans conteste celui de la confession. La recette en est simple, le scénario quasi immuable : il s'agit d'un récit à la première personne, signé le plus souvent d'un nom de femme (pour la vraisemblance) et qui conte par le détail – et avec force de – les tribulations amoureuses de l'héroïne depuis son âge le plus tendre jusqu'à sa pleine maturité et parfois au-delà, lorsqu'elle est alors au sommet de l'art de la courtisanerie. En la matière, la progression des dépravations est de rigueur : c'est dire que la sodomie, point d'orgue de l'initiation amoureuse, n'intervient pas dès le début des hostilités !

Innombrables sont les récits, les mémoires, les histoires de, les confessions, qui exploitent ce thème. C'est, assurément, le b-a-ba de la littérature érotique. Les auteurs y sont le plus souvent masculins : imaginer et raconter avec délectation le ou les dépucelages d'une petite fille délicieusement nymphomane n'est généralement pas un fantasme féminin…

En voici un exemple avec cette Histoire d'une fille de Vienne racontée par elle-même, *qui, entre mille autres, exploite ce*

thème de façon exemplaire. C'est un livre datant du début du siècle, dû à la plume d'une certaine Josefine Mutzenbacher.

Mais l'auteur véritable, comme de bien entendu, est un homme. Il s'inspire ici (dans ce souci d'authenticité qui ravit les âmes simples) de la vie d'une prostituée qui fit les belles nuits des trottoirs viennois dans la deuxième moitié du XIXe siècle. Mais à peu de choses se borne l'histoire et commence la fiction : le récit des frasques de Josefine est évidemment une œuvre d'imagination ; seul le décor des faubourgs de Vienne est authentique.

Josefine n'a que sept ans lorsqu'elle joue pour la première fois au papa et à la maman. Ce n'est d'abord qu'un simulacre, mais très vite, les jeux se précisent, avec l'aide de petits voisins et voisines complaisants et bien informés. Si bien que le premier pucelage n'est vite plus qu'un souvenir. Aguicheuse, elle ne tarde pas à passer dans les mains des « grandes personnes », qui en font tout ce qu'elles veulent. Et c'est ainsi qu'elle connaît sa première sodomisation, à l'âge où les petites filles bien élevées jouent à la poupée et à la dînette. Et, bien entendu, comme toute héroïne qui se respecte, elle en éprouve aussitôt le plus vif plaisir, nonobstant l'exiguïté des lieux et la taille de l'objet.

« Penche-toi », m'ordonna-t-il. Je me penchai et j'appuyai mes coudes sur le petit tonneau, le derrière en l'air. En tournant la tête, je vis que M. Horak mouillait sa queue avec sa salive. « C'est seulement pour que ça aille mieux... », dit-il. Puis il mit mon cul à nu et, se levant, il se pencha par-dessus moi dans la même position.

Je sentis avec étonnement et bientôt avec épouvante qu'il collait sa bite sur le trou de mon cul et s'efforçait lentement d'entrer. Je voulus crier mais il me dit à voix basse : « Reste comme ça et si ça te fait mal, dis-le... » Mais, en même temps, il avait mis une main aussi entre mes jambes

par-devant, et tout en cherchant prudemment son chemin dans mon trou, il tripotait ma motte avec beaucoup de doigté.

— Ça fait mal ? demanda-t-il.

Cela me faisait en effet un peu mal, mais ses doigts, eux, me faisaient beaucoup de bien et c'est pourquoi je répondis : « Non. » Il donna un petit coup de reins pour entrer plus loin : « Ça fait mal ? »

Cela me faisait vraiment mal, mais j'aimais tellement ce qu'il faisait avec sa main que je ne voulais plus qu'il s'en aille et que je dis : « Non, pas du tout… »

Cette fois, il fit une poussée plus forte et je crus que j'avais toute sa bite dans le ventre. En fait, comme il me le dit après, ce n'en était que la moitié. C'était tout de même bien assez pour mon âge, pour l'endroit où elle se trouvait et pour sa taille. Jusqu'à ce moment j'avais ressenti aussi du dégoût que mon cul soit fouillé de cette manière. Mais dès que la dernière poussée l'eut fait entrer si loin, j'eus une bizarre sensation de plaisir, un peu douloureux mais pas au point de faire vraiment mal, plutôt une peur que ça fasse mal, et ce n'était pas vraiment un plaisir non plus, mais le pressentiment d'un plaisir, mais alors si excitant et si fort que cela me fit gémir.

[…]

Pour mieux sentir sa queue dans mon cul, je contractai mes fesses à coups répétés, ce qui eut un effet immédiat sur M. Horak. Il accéléra son mouvement, se pencha davantage sur moi et commença à me souffler des mots à l'oreille : « C'est ça, mon petit cœur, vas-y, coince… oui ma souris… ah… c'est… c'est vraiment… c'est bon… tu sais… T'es une sacrée gentille petite pute… tu me plais… tu vas venir chaque jour à la cave avec moi, maintenant… hein ? »

ROGER PEYREFITTE

ROY

1979

En 1979, trente-cinq ans après Les Amitiés particulières, *Roger Peyrefitte récidive sur le chapitre des amours adolescentes avec* Roy, *qui conte l'initiation et les aventures galantes – et bien entendu masculines – d'un jeune Américain de quatorze ans.*

Bien plus qu'un simple roman érotique, Roy *est aussi un tableau de mœurs de la « libre Amérique ». Dans ce petit monde de la jeunesse dorée de Californie, la plus saine liberté côtoie le puritanisme et la corruption, le rejet des tabous va de pair avec les conservatismes les plus obtus.*

Ainsi, par exemple, refusera-t-on à Roy l'honneur de hisser le drapeau de l'école pour la raison que sa mère a fraudé le fisc, crime suprême au pays de l'argent-roi ; mais le chef de la police locale n'aura aucun scrupule à profiter de son autorité et de son argent pour initier Roy aux amours masculines. Ainsi l'hypocrite ambiguïté de la société américaine se révèle-t-elle : le délinquant n'est pas celui qui circonvient un gamin pour le faire servir à ses plaisirs, mais le mauvais citoyen qui ne paye pas ses impôts !

Quoique cette Amérique dépeinte par Peyrefitte ne soit guère reluisante par sa bonne conscience, son désir de paraître,

son mauvais goût, ses mœurs prétendument libres, l'auteur n'a certes pas pour souci premier de faire œuvre de sociologue. Ciseler un roman tel que Roy, *c'est assurément, pour le scandaleux auteur des* Amitiés particulières, *le plaisir avant tout de donner libre cours à ses fantasmes en décrivant avec force détails les faits et gestes d'un adolescent gracieux et complaisant !*

Il mit sur son électrophone la chanson disco d'Amanda Lear, *Follow me.* La presse avait annoncé que cette ravissante chanteuse, ancienne compagne de Dalí, et qui, d'après certains, avait d'abord été un garçon, remportait le « hit-parade » en ce moment. Cette renommée ambiguë ajoutait à son succès auprès des jeunes Californiens. Qui plus est, elle avait eu une liaison avec David Bowie, le chanteur androgyne, marié et gay, et était grande amie d'Elton John, le chanteur anglais installé aux États-Unis, autre vedette que les gays prétendaient s'annexer.

Sur cet air entraînant, Bob amorça les opérations. « En voiture, dit-il, j'ai bandé tout le temps à cause de Pamela, et je bande encore, peut-être à cause de l'herbe. » Il se caressa la braguette et, en riant, plaqua son pantalon sur sa cuisse, afin de montrer qu'il ne se vantait pas pour rien. Le fait qu'il eût répété son geste de l'autre jour, témoignait que le reste suivrait. « Moi aussi je bande en pensant à Doris », dit Jim qui fit ressortir la même protubérance, déjà constatée par Roy durant le parcours.

— Dommage qu'il n'y ait aucune fille ! dit Bob. Je lui ferai bien son affaire, par-devant ou par-derrière.

— Il y a moi, dit Roy froidement. Il se leva et déboucla son pantalon.

— Tu es précoce, dit Bob, on t'a déjà baisé ?

— Je me baise moi-même avec un doigt, dit Roy, mais je voudrais bien savoir ce que c'est réellement.

— Tu devrais avoir un vibrateur, dit Jim.

Roy demanda ce que c'était.

— Un cylindre, plus ou moins gros, en caoutchouc ou en matière plastique, muni d'une pile et qui produit une vibration là où on l'introduit, dit Bob. J'en ai vu un dans le tiroir de la salle de bains de ma mère. Probablement que mon père en a assez de faire l'amour avec elle.

— Ôtons nos pantalons, dit Roy en donnant l'exemple.

Il alla prendre un flacon de crème à bronzer et des serviettes, noua sa chemise sur ses reins, s'appuya le ventre contre le lit et enduisit son orifice avec cette crème, comme l'avait fait Jack avec le lube. « De la crème à bronzer pour le trou de bronze ! dit Bob. Tu es un raffiné. »

— Allez-y ! dit Roy.

— Ah ! les filles !... dit Bob, en s'avançant le premier.

Il entra dans le moelleux derrière sans la moindre difficulté. « Foutre ! dit-il, comme tu es ouvert ! » Mais voilà que Jim ne voulait pas attendre son tour : il oignit l'anus de Bob qui feignait de se débattre. Pour remplacer la cigarette qu'ils avaient éteinte, il lui fit respirer des poppers – il en avait toujours dans sa poche. Roy, qui s'astiquait lui-même, fut ravi, quand Bob glissa une main par-devant pour remplacer la sienne. Il n'y eut que la semence du fils de la maison à tomber sur le tapis.

Les trois garçons restèrent un moment immobiles, pour savourer leur jouissance. Roy en éprouvait une autre à se dire que, lui, le plus jeune, il avait tout commandé et qu'il était parvenu à ses fins, qu'il avait ses deux camarades sur le dos, comme preuve de sa victoire et de sa revanche, qu'il procurait à un noir le plaisir de posséder un blanc et qu'il avait fait embrocher deux Enfants de la révolution américaine, dont l'un était fils d'un chevalier du Tastevin.

Après s'être essuyés et reculottés, ils fumèrent un dernier stick. Roy s'attendait que Bob expliquerait s'être figuré dans le cul de Pamela et Jim dans celui de Doris ; mais ils gardèrent le silence. Il avait mis sur l'électrophone *Chanson rose,* de la star noire du disco, Grace Jones, qui était, comme *Follow me,* un succès mondial. Puis, il fit brûler un

peu d'encens pour dissiper l'odeur de l'herbe. L'encens était une survivance de l'époque des hippies et fort en honneur chez les jeunes qui se piquaient d'hindouisme, même à l'école Buckley.

Quand ses deux camarades se levèrent pour partir, Roy se demanda de quelle façon ils allaient se réconcilier avec la morale : par une homélie ou par des coups de poing et des coups de pied ? Bob le regarda d'un air qu'il ne parvint pas à rendre injurieux et lui dit, d'une voix concentrée : « Fils de sorcière ! tu ne nous y reprendras plus. »

Jim et lui, l'enculeur et l'enculé, pouvaient s'en aller la conscience en paix. Ils demeuraient de stricts Américains.

Malgré ses goûts bien affirmés pour les garçons, Roy fera néanmoins, mais une seule fois, l'expérience de la femme. Expérience où il ne faut voir ni rédemption ni renoncement, mais rien qu'un écart très voluptueux et très tendre. Dans ce jeu inaccoutumé, notre héros ne se départira pas de ses goûts sodomites, mais il fera cependant montre de bonne volonté…

Avec quelle flamme ils s'embrassent ! Avec quelle ardeur les mains de Roy s'emparent de ces fesses qu'il dénude, partie du corps de Penelope où il se sent le plus à l'aise, bien que ce soit pour s'y loger à l'étroit ! Il est fou de plaisir en promenant un doigt le long de la raie, en tâtant ce qui s'y cache. Mais quelles sont ses délices quand Penelope lui rend cet attouchement ! D'abord, elle se contente d'effleurer ses rondeurs ; puis, plus hardie, elle lui baisse son caleçon pour mieux les lui palper. Leurs langues s'unissent, leurs yeux se ferment. Roy pense défaillir lorsque le doigt de Penelope le tâte à l'endroit où il la tâtait et imite même son indiscrétion en franchissant l'anneau de son sphincter. Elle écarte le visage pour murmurer : « Dans la voiture de Malibu, je rêvais de glisser un doigt entre tes cuisses et de te pénétrer, comme sûrement tu te fais pénétrer par Otis. » « Si ce n'était que par lui ! » se dit Roy. Il découvre qu'une fille peut l'exciter par ce geste, autant et peut-être plus que

ne l'avait fait Bob ou que ne le faisaient Otis et les hommes de son domaine secret. Il lui semble que cette licence d'une main, d'une phalange féminine, représente pour celle qui en a conçu l'idée et qui s'y livre, le comble du raffinement. Il accueille au fond de son âme le doigt qui progresse au fond de son cul. Les soupirs de Penelope attestent qu'elle ne jouit pas moins de cette possession secrète que d'être possédée ainsi par le doigt de Roy. Dès qu'ils se sont retirés l'un de l'autre avec la même savante lenteur, Roy l'incline sur le lit.

Toutefois, avant de la posséder de cette façon qui les enivre, il contemple la croupe qui s'étale – sa première croupe de fille. Il utilise, pour la fêter, les leçons qu'il a reçues de tant de maîtres. Il s'agenouille, il admire cet orifice secret ; il y constate, par la vue, comme il l'a fait par le tact, cette absence de poils que Bob vantait dans le sien. Il en a donc le fumet, qui n'a rien de ce qui mettait aux anges le cousin du cheikh ; fumet de propreté, de muscle et de musc. Il voudrait compter le nombre de ces plis sur lesquels il promène son doigt et que son beau bâton de chair va déplisser. Il les parcourt de la langue ; il l'y introduit ; elle est l'intermédiaire entre le doigt et ce membre, plus viril que garçonnier, dont il lui caresse ensuite les fesses avant de les percer. Elle halète de volupté, se touche entre les cuisses. « Encule-moi », dit-elle. La fille bien élevée n'ignore pas ce mot ! Elle en a sans doute savouré le sens, peut-être sur elle-même, certainement dans ses pensées à l'égard de Roy. Il lui murmure à l'oreille, heureux de n'avoir eu besoin que de salive, tant le lieu est accueillant, comme l'était celui de Bob – mais il a entendu dire que le cul de presque toutes les filles est propice à cet accueil – « J'entre comme chez moi. » Elle lui saisit un doigt et lui donne, au milieu de la corolle de son sexe trempé de rosée, une leçon qu'il n'avait pas prévue, mais qu'il exécute parfaitement.

CÉCILE PHILIPPE

PETITES HISTOIRES HORIZONTALES

1985

Il est hors de doute que la célébrissime « scène du beurre » fut en grande part la cause du succès du Dernier Tango à Paris *et donna des idées à plus d'un et d'une.*

L'une des Petites Histoires horizontales *exploite ce thème avec beaucoup d'humour :*

Roger et Odette sont un couple de commerçants de Valence – des épiciers, probablement. Après avoir emmené sa femme voir le film de Bertolucci, Roger, tout émoustillé, suppute allègrement que le prestige de Marlon Brando, l'idole d'Odette, pourrait bien lui permettre de goûter enfin aux fameuses voluptés défendues. Comme il se doit dans la meilleure tradition de la nouvelle, la chute est inattendue et savoureuse : d'accord pour la chose, mais il ne faut pas gâcher de la marchandise !

Paru au Pré aux Clercs en 1985, Petites Histoires horizontales *est farci de trouvailles et d'inventions heureuses. Une entre cent : « Il me raccompagna et tenta un baiser. Je lui accordai une commissure. »*

— T'as vu ta montre, Roger ? C'est pas toi qui ouvres à neuf heures. On y va ?

Il s'accrocha à son bras jusqu'à la voiture.

— Une soirée comme je les aime, murmura-t-il à son oreille.

Il l'embrassa dans le cou. Son haleine fumait dans la nuit froide.

Elle monta l'escalier devant lui. Il lui pinça les fesses.

Elle se tortilla en gloussant. Il la coinça derrière la porte et il lui roula un patin VSOP. Elle le rendit de bonne grâce. Il lui mit la main au panier. Elle chancela. Il profita de l'avantage, l'étendit sur la moquette.

— T'es fou, Roger. Qu'est-ce qui te prend ? Pas ici.

Il l'écrasa sous lui.

— Alors quoi, elle est pas assez épaisse, la moquette ? On l'a pas payée assez cher ?

Elle renonça, l'enlaça, souffla court. La jupe et la culotte avaient voltigé. Odette, les yeux mi-clos, savourait sa défaite. Il se redressa d'un bond.

— Bouge pas, je reviens.

La gorge nouée, il fila à la cuisine. Dans l'entrebâillement de la porte, le rayon lumineux du frigo lui indiqua la plaquette d'Isigny. Les oreilles brûlantes, il revint en dépliant le papier doré.

— Tourne-toi, aboya-t-il.

Elle écarquilla les yeux. Roger, d'une main fébrile, grattait avec acharnement le beurre durci où ses ongles trop courts n'imprimaient pas le plus fin sillon.

— Non, Roger, non… S'il te plaît.

Elle s'en étranglait.

— Bon Dieu de bon Dieu ! Combien de fois je t'ai dit de ne pas mettre le beurre au frigo, bordel de merde !

Complètement révulsée, Odette suppliait :

— Roger, non… Je t'en prie… Pas celle-là… Elle est pas commencée… L'autre… Sur le buffet…

CHARLES-ANTOINE PIGAULT-LEBRUN

L'ENFANT DU BORDEL

1800

Né à Calais en 1753, mort à La Celle-Saint-Cloud en 1835, Pigault-Lebrun, bien oublié aujourd'hui, fut un des auteurs à succès de son époque. Esprit libre et curieux de tout, aventurier et libertin, auteur de pièces de théâtre et de romans, il acquit la célébrité à la suite de la publication de L'Enfant du carnaval, *en 1792. Parmi ses autres œuvres les plus célèbres, citons* Monsieur Botte *(1802) et* La Folie espagnole *(1799).*

« Le fond du talent de Pigault-Lebrun, *écrit Pierre Larousse,* c'est une gaieté intarissable, un esprit fin et railleur, une imagination vive et habile à inventer des situations et des événements. »

L'Enfant du bordel, *qui date de 1800, fut imprimé clandestinement et anonymement. Les meilleurs bibliographes en la matière s'accordent pour en attribuer la paternité à Pigault-Lebrun. Voici un échantillon de quelques « chastes amusements ».*

Nous voilà nus tous les trois. Madame de Senneville gagnait à être vue ainsi ; elle n'était pas déplacée auprès de Jeannette, qui était de la tête aux pieds un composé de grâces.

Je croyais tout uniment que j'allais foutre les deux femmes chacune à leur tour, ou tout du moins madame de Senneville ; comme j'étais loin du compte ! Je la prends dans mes bras et, après un baiser voluptueux, je fourre ma main entre ses cuisses… Oh ! surprise !… Ce n'est point un conin, pas même un con, c'est un gouffre, dans lequel j'aurais pu, je crois, entrer tout entier ; aussi aurais-je débandé tout net, si la vue des charmes de Jeannette n'eût soutenu mon courage.

Cependant, le mot de madame de Senneville : « À la besogne ! » avait une signification à laquelle je ne m'attendais pas. Jeannette fouille dans une petite armoire, dont sa maîtresse vient de lui donner la clef ; elle tire un godemiché, recouvert en velours, qui avait, sans exagération, six pouces de diamètre sur dix de long ; elle l'attacha autour de ses reins avec une ceinture de maroquin, et fut se coucher sur une chaise longue qui était dans le salon. Madame de Senneville se mit sur Jeannette, et, à mon grand étonnement, elle se le fit entrer tout entier dans le corps. « Voyez ce qu'il vous reste », me dit-elle. Je ne voyais que son cul… C'était ce que demandait madame de Senneville ; aussi, sans me faire prier davantage, je me mis à l'enculer. C'était la seule manière dont madame de Senneville pouvait se procurer des jouissances ; aussi s'en donna-t-elle tant et plus pendant deux heures que les jouissances se multiplièrent. Madame de Senneville entendait parfaitement ses intérêts en mettant Jeannette de la partie : les appas de cette fringante soubrette soutenaient merveilleusement mes forces.

Il faut aussi avouer une petite rouerie que je m'étais permise : j'avais payé mon tribut au postérieur de madame de Senneville, en l'arrosant une seule fois d'un foutre brûlant ; mais, ensuite, je m'étais contenté de la limer, et j'avais réservé pour Jeannette des forces que j'aimais mieux perdre avec la soubrette qu'avec la maîtresse. Enfin, nous

cessâmes nos chastes amusements, et chacun reprit ses habits ; non sans que madame de Senneville eût donné plusieurs baisers au bijou qui venait de si bien la travailler de la matière inverse.

DELPHINE PONT-AVEN

LA CHAISE ÉCLECTIQUE

1976

Sainte-Biche, à Versailles, est une institution très spéciale où l'on enseigne aux jeunes pensionnaires les mille et une techniques de l'amour. Y viennent d'exigeants amateurs de sensations rares, de chair fraîche, de jeux raffinés.

Ce jour-là, Léa est de service pour une séance d'initiation. Le Comte de P… a amené un jeune garçon, Éric (« beau comme un dessin de Pierre Joubert »), *à seules fins de le dégoûter définitivement des femmes. Voici comment il s'y prend.*

Le Comte, malgré la bonne volonté évidente de Léa, parvenait difficilement à vaincre sa propre impuissance. Il fora alors tant bien que mal un passage dans les reins de Léa avec le manche du fouet, puis quand il sentit Léa béante, il s'aida de sa main pour introduire son membre, que Léa, avec des mouvements de reins qu'elle accompagna bientôt de lentes contractions du sphincter, fit grandir en elle.

Le Comte de P… retrouvant ses habitudes ferma les yeux. Peu lui importait maintenant de savoir s'il montait un homme ou une femme. Il s'interdisait de toucher au

sein et au sexe et se contentait de griffer les fesses bien charnues de sa monture. Il jouit un peu trop rapidement au gré de Léa. Mais le Comte n'oubliait pas son rôle d'initiateur. Il retirait son membre moite de sperme, mais aussi des matières plus secrètes qu'il était allé chercher au fond de Léa, et dans un mouvement de somnambule en fureur, il se précipita sur Éric, lui prit la tête entre les deux mains, et lui fourra son membre dans la bouche, étouffant de la sorte, chez son malheureux ami, un énorme cri d'horreur.

— Suce-moi, suce-moi, balbutiait le Comte, suce-moi et tu finiras par aimer ça.

Les yeux bleu-drapeau d'Éric suffoquaient de larmes, mais Léa qui les observait, remarqua que très vite le jeune homme s'intéressait à ce plat d'un goût nouveau, et que sa hampe, baromètre de son plaisir, s'élevait à nouveau vers le beau fixe.

Léa trouva dommage de laisser perdre cette énergie ; et prit doucement entre ses lèvres ce membre qui échapperait bientôt au royaume des femmes et le mordilla avec habileté.

Le Comte écarta brutalement la femme. Il était jaloux, il ne voulait pas qu'on touche à son ami. Il voulait bien plus, il voulait lui aussi sentir entre ses reins cette magnifique épée. Il la prit entre ses doigts, se retourna avec les mêmes mouvements de fureur somnambule, qu'il mettait dans ses gestes quand il était au comble de l'excitation et introduisit en lui le glaive d'Éric.

Léa les observait, et elle remarqua, non sans une aimable curiosité, que ce fut Éric, celui que l'idée même de sphincter semblait dégoûter au plus haut point, il y a à peine une demi-heure, qui éprouva le premier un plaisir tel que ses traits en furent longtemps altérés. Il s'abattit ensuite sur la veste de son ami avec de gros sanglots, dont la musique même fit jouir le Comte de façon intense. Le sperme inutile jaillissait dans le vide. Le Comte recueillit ce qui en restait dans sa main, et barbouilla le visage de son jeune ami qu'il baisait avec ferveur.

Le couple riait maintenant avec amour. Léa, abandonnée, les observait de loin. Les pédérastes sont décidément de drôles de gens.

Les deux vieilles femmes abruties par la drogue et l'amour dormaient dans un coin, sous la même couverture bleue. Quand la mère maquerelle arriva, introduisant le chimpanzé Kodo, qu'on avait toiletté pour l'occasion, il était trop tard. Le Comte avait obtenu la conversion, la conversion au sens étymologique du mot, de son jeune ami.

— Merci, nous n'avons plus besoin du singe, dit le Comte.

« Grâce au ciel » pensa Léa, qui remarqua en jetant un dernier regard sur le jeune ami du Comte, qu'il n'y avait plus d'innocence dans le regard d'Éric.

JACQUES PYERRE

LES EMBRASSADES

1969

De même que Le Monde inversé *de Du Dognon, que* Roy *de Peyrefitte,* Les Embrassades *de Jacques Pyerre, paru en 1969 chez Jérôme Martineau, nous conte les aventures d'un garçon dont les choix érotiques se sont portés, dès la plus tendre enfance, sur les hommes. Ainsi l'auteur de cette autobiographie, dont il assure l'authenticité dans sa préface, nous fait-il parcourir par le menu ses primes émois, son initiation, son enfance à l'ombre des palmiers (dans le sud marocain), ses années d'écolier attiré par ses camarades d'école, son adolescence frénétique, bref : ses amours tumultueuses et masculines.*

Dès son plus jeune âge, avoue-t-il, « je sus que je n'aimais que les hommes et rien ne me rendit plus heureux ». *Mignon et espiègle, son grand plaisir est de les troubler, de les provoquer :* « … J'avais remarqué que lorsque je m'asseyais longtemps sur les genoux de Pierre, Paul ou Jacques, je rendais incommode ou difficile la position de la personne. J'avais une manière de me trémousser sur son sexe qui le faisait bander ; cela, je le sus plus tard, mais je prenais un malin plaisir à embarrasser qui je pouvais et à rendre rouge, confus parfois, tel ou tel ami de mon père. Je devais prendre surtout un plaisir bien inconnu alors qu'il était

tout simplement de sentir contre mes fesses quelque chose de dur et que je ne savais pas encore être le sexe. »

Doué d'aussi bonnes dispositions, « Poupette » ne tarde pas à se faire dépuceler en bonne et due forme. Il s'agit d'un viol, certes, mais si peu, tant le consentement du garçon est acquis ! Ce dernier n'a cependant que six ans lorsque l'événement se produit.

J'appelais pour qu'on me lave. (Oh ! l'odieuse corvée et comme je la détestais !) J'étais de dos à la porte, dans mon tub, aussi, lorsque je l'entendis s'ouvrir je dis bien impérativement, croyant que c'était Fatima :

— Hé bien ! lave-moi voyons !

Je sentis sur moi des mains sèches, calleuses et fortes, larges aussi, qui me firent bien penser que ce n'était pas Fatima, je tournai la tête, c'était le facteur.

Il était debout contre moi, ses mains sur mes épaules, et il tremblait ; très vite il caressa – oh ! si timidement ! – et du bout d'un doigt mes cheveux longs et bouclés ; et j'étais bien, si bien que ma tête s'appuya contre lui ; j'étais tout petit et de nouveau je sentis cette chose dure à laquelle Ahmoud m'avait habitué. Contre sa robe, et dessous, la protubérance était fabuleuse, il portait en effet une longue robe amarante qui allait jusqu'aux pieds et qu'on appelle une djellaba. Je frottais mon nez contre sa robe et je sentis son sexe vibrer, aller de droite à gauche ; il ne portait apparemment rien d'autre que sa robe. Il me prit à bout de bras, comme on prend un oiseau, comme j'aurais soulevé une plume et il appuya ses lèvres sur les miennes ; je sentis son cœur battre si fort et le mien battait à l'unisson ; je naissais, je m'éveillais à une vie nouvelle. Il me mit alors à la hauteur de sa figure et baisa longuement mes lèvres, m'introduisit sa langue dans la bouche ; ce fut la première introduction de toutes celles qui suivirent ; il me posa tout

doucement sur le tapis de bain, à plat ventre, il était au-dessus de moi, les jambes écartées. Tournant légèrement la tête et dirigeant mon regard le long de son corps, je vis – il tenait sa robe à deux mains –, le fût admirable de ses cuisses musclées et fortes et je ne pus jamais m'empêcher par la suite de songer, quand je le connus, au *Cantique des Cantiques*, « les jambes de mon bien-aimé sont deux colonnes de marbre ».

Je ne m'attardais pas pourtant tellement à ses jambes, son sexe me paraissait plus intéressant : Seigneur, quelle longueur ! Il se coucha sur moi et profita de mon cul savonneux pour m'introduire – oh ! si peu, si doucement – ce pal, que je sentis, mais à peine, mais si bien, me cracher avec rage toute la semence en moi. J'avais perdu mon pucelage et ce petit enfant de salaud venait de me faire jouir car une brûlure qui faillit me faire hurler fit éclater mon membre, pas plus gros pourtant qu'un haricot vert.

Pas un mot ne s'échangea ; il s'ablutionna promptement, reprit sa sacoche, baissa sa robe, referma doucement la porte et me laissa sur mon tapis, pétrifié et heureux, jeune Iphigénie au cul défloré, défoncé et rêvant sur son carrelage à la puissance d'un mâle bien membré.

Après de tels débuts prometteurs, la suite ne peut être qu'une fête des sens, une suite de rencontres, de séductions, d'amours. Notre héros prend d'ailleurs vite conscience de ses atouts, avec une phrase pleine d'humour et bien représentative du ton de ce livre au style alerte :

« Entré chez moi, je me mis à rêver à mon étrange condition : je ne pouvais pas faire un pas sans faire lever des bites, tout comme la reine d'Angleterre fait lever sur son passage les sabres au clair. »

PIERRE RABEAU

LES CONFESSIONS D'UN CAGOT
OU
LES ERREMENTS D'UN ENFANT PERVERS

1976

C'est au bagne où il a été condamné que le narrateur de cette confession mettra sur le papier le récit des errements de son enfance, qui l'ont mené, de débauche en débauche, jusqu'à sa triste condition actuelle. Il n'a que dix ans lorsqu'il subit les assauts de son frère aîné, âgé de quinze ans, qui soumettra aussi à sa volonté leur sœur Manette de treize ans. Les jeux se poursuivront longtemps, entre les deux frères et la sœur, avec toutes les variantes imaginables. Puis d'autres errements suivront, d'autres péchés abominables qui trouveront leur juste châtiment !

Ce texte fut édité par Eurédif en 1976, dans la collection « Aphrodite Classique ».

Excité par Thomette, une coquette qui se joue de lui, Henri rejoint Pierre dans le lit commun. Celui-ci dort nu et sur le côté et sent son frère se coller à lui.

Je compris qu'il voulait « me bourrer » comme on dit des chiens et des vaches. Je sentais sa verge roide et énorme sur mes jambes et mes reins. Il m'en donnait de grands coups au hasard mais sans résultat autre que de m'inquiéter. Je devinais bien que Thomette avait dû particulièrement l'échauffer ce soir-là, mais avais une grande colère qu'il s'en prenne à moi. J'avais grande envie d'appeler ma mère pour qu'elle le force à s'arrêter mais je n'étais pas tellement sûr qu'elle y parviendrait. Elle le craignait comme le père qu'il prétendait remplacer.

[...]

Puis Henri se calma un peu et ses deux mains me poigna les fesses. Il me faisait mal mais ce n'était encore rien. Soudain il les écarte, et je sens un doigt qui tâtonne.

« Est-ce là ? » me demande-t-il.

Je me garde de répondre mais il trouve tout seul et m'enfonce son doigt tout en soufflant fort.

— C'est bien là, dit-il à voix basse.

Il retire son doigt, et je l'entends cracher mais ne reçois pas de salive. Plus tard j'ai su qu'il avait craché dans sa main pour oindre le gland de sa verge et le rendre humide. Car il a juré de me l'imposer comme si j'étais la Thomette. D'ailleurs à plusieurs reprises il se trompe et m'appelle du nom de cette fille. Cette fois je me débats mais il me ramène les mains dans le dos, les tient d'une seule à lui, me renverse sous lui. Mes cris doivent s'étouffer dans la couche tandis qu'il me force, qu'il me déchire plutôt. Je pense m'évanouir mais après une douleur très vive, celles qui suivent me sont assez supportables pour que je subisse mon frère jusqu'au bout. Monsieur de La Ville m'a demandé si j'y avais pris un quelconque plaisir. Je serai franc et dirai que, vers la fin, lorsqu'il a éjaculé en moi et m'a écrasé de tout son poids en m'embrassant la nuque et m'appelant Thomette, d'un seul coup mon ressentiment et mes craintes se sont dissipés. Quand j'y réfléchis aujour-

d'hui je reconnais avoir éprouvé certaine langueur agréable d'avoir été souillé par son abondante semence, de l'avoir senti vibrer en moi chaque fois que celle-ci s'exprimait avec une force terrible.

Ainsi se passe, dans la douleur puis dans une résignation mêlée de bien-être, l'apprentissage de la soumission. Quelques jours plus tard, Henri revient à la charge mais l'initiation se poursuit désormais sans nulle violence :

— Je me suis graissé de babeurre, me souffla-t-il en s'enfonçant lentement en moi. Tu vois que c'est plus aisé.

Il disait vrai, et j'en fus le premier surpris. En même temps sa main ne broyait plus mes appas. Elle se contentait de les envelopper avec douceur comme pour les protéger, et cette chaleur étrangère après la souffrance provoqua chez moi un début d'érection. Bien entendu depuis longtemps il m'arrivait de me réveiller la verge tendue mais comme j'éprouvais alors le besoin d'uriner je joignais cette envie à cet état et d'ailleurs, en me soulageant, la nature rendait à mon sexe sa forme habituelle. Mais cette nuit-là il n'en était pas de même, et ma verge se gonflait pour une tout autre raison.

— Hé, me dit Henri, tu bandes donc toi aussi.

Ce mot-là, je le connaissais. Tous les enfants de mon âge l'utilisaient fréquemment.

— Tu bandes très bien même… mais elle n'est pas encore aussi grosse que la mienne.

J'eusse préféré le contraire car je ressentais encore quelques irritations dans le fondement. Mais d'autre part Henri devenait moins brutal en s'intéressant à l'objet de sa rage. Sa main se referma sur ma verge, et il commença de l'agiter sans cesser pour autant de s'agiter contre moi. Ainsi faisant je me sentais devenir autre car son geste précis découvrait le haut de ma verge ce qui avait pour résultat d'en dilater le gland. Et je ressentis comme un chatouillis agréable sous les testicules qui ne cessa de s'amplifier. Mais

alors mon frère m'abandonna, poussa un grand soupir et m'inonda de sa liqueur secrète. Celle dont parlait Thomette avec tant de curiosité.

— Continue, le priai-je.

Mais il ne m'entendait pas, m'abandonnait dans mon premier émoi ce qui explique mais ne justifie pas que de ma propre main je poursuivisse l'œuvre qu'il avait commencée. Je crus voir la nuit s'entrouvrir et une lueur aveuglante d'un soleil d'été à midi me frappa. Ma jouissance fut éperdue et non seulement me surprit mais étonna mon frère car je me mis à ruer contre son ventre, à lui donner des coups de reins. Ce qui l'incita à me posséder de nouveau. Avant la fin je sombrai dans un sommeil épais comme la liqueur qui avait jailli de ma verge et qui engluait ma main.

PAULINE RÉAGE

HISTOIRE D'O

1954

C'est en 1954 que Jean-Jacques Pauvert publia ce texte qui allait devenir l'un des plus considérables succès de librairie de ce siècle. On a voulu l'attribuer à Jean Paulhan, qui le préfaça, à Montherlant, et même à Malraux. On sait aujourd'hui que l'auteur s'appelle Anne Desclos, alias Dominique Aury, alias Pauline Réage, née en 1907 et morte en 1998, et qu'elle travaillait chez Gallimard.

Mais face à un chef-d'œuvre, est-ce si essentiel, après tout, d'en réellement connaître l'auteur ? L'important n'est-il pas – au risque d'être taxé de simplisme – le livre lui-même (et la sonate, et le tableau, et le paysage...), rien que le livre ? Ce livre exceptionnel, envoûtant, mémorable ; ce livre écrit par une femme, de toute évidence, d'une aveuglante évidence. Une femme qui a jeté sur des cahiers ses fantasmes d'amoureuse, qui, la première, a osé parler haut et clair de ce qui alimente tant de songes inavoués.

Mais les délires masochistes d'une bourgeoise oisive et exaltée, si le livre n'était que cela, ne pourraient expliquer semblable retentissement. Il y a autre chose, qui s'appelle la sincérité, qui s'appelle le mysticisme, qui s'appelle la passion...

Et aussi ce contraste étonnant entre la décence de l'écriture,

le style élégant (parfois à la limite de la préciosité) et la violence des situations ; les descriptions – méticuleuses, presque cliniques – des pires outrages, des plus cruelles punitions.

Tout à coup, mais au bout d'une heure seulement, le garçon blond appela Jeanne, puis Monique. Il leur dit d'apporter le pouf (c'était le pouf contre lequel on avait renversé O à plat ventre la veille). Monique n'attendit pas d'autres ordres, elle s'agenouilla, se pencha, la poitrine écrasée contre la fourrure et tenant à pleines mains les deux coins du pouf. Lorsque le garçon fit relever par Jeanne la jupe rouge, elle ne bougea pas. Jeanne dut alors, et il en donna l'ordre dans les termes les plus brutaux, défaire son vêtement, et prendre entre ses deux mains cette épée de chair qui avait si cruellement, au moins une fois, transpercé O. Elle se gonfla et se raidit contre la paume refermée, et O vit ces mêmes mains, les mains menues de Jeanne, qui écartaient les cuisses de Monique au creux desquelles, lentement, et à petites secousses qui la faisaient gémir, le garçon s'enfonçait. L'autre homme, qui regardait sans mot dire, fit signe à O d'approcher, et sans cesser de regarder, l'ayant fait basculer en avant sur un des bras de son fauteuil – et sa jupe relevée lui offrait toute la longueur de ses reins – lui prit le ventre à pleine main. Ce fut ainsi que René la trouva, une minute plus tard, quand il ouvrit la porte. « Ne bougez pas, je vous en prie », dit-il, et il s'assit par terre sur le coussin où O était assise au coin de la cheminée, avant qu'on l'appelât. Il la regardait attentivement et souriait chaque fois que la main qui la tenait, la fouillait, revenait, et s'emparait à la fois, de plus en plus profondément, de son ventre et de ses reins qui s'ouvraient davantage, lui arrachait un gémissement qu'elle ne pouvait pas retenir. Monique était depuis longtemps relevée, Jeanne tisonnait le feu à la place d'O : elle apporta à René, qui lui baisa la main, un verre de whisky qu'il but sans

quitter O des yeux. L'homme qui la tenait toujours dit alors : « Elle est à vous ? »

— Oui, répondit René.

— Jacques a raison, reprit l'autre, elle est trop étroite, il faut l'élargir.

— Pas trop tout de même, dit Jacques.

— À votre gré, dit René en se levant, vous êtes meilleur juge que moi.

Et il sonna.

Désormais, huit jours durant, entre la tombée du jour où finissait son service dans la bibliothèque et l'heure de la nuit, huit heures ou dix heures généralement, où on l'y ramenait – quand on l'y ramenait – enchaînée et nue sous sa cape rouge, O porta fixée au centre de ses reins par trois chaînettes tendues à une ceinture de cuir autour de ses hanches, de façon que le mouvement intérieur de ses muscles ne la pût repousser, une tige d'ébonite faite à l'imitation d'un sexe dressé. Une chaînette suivait le sillon des reins, les deux autres le pli des cuisses de part et d'autre du triangle du ventre, afin de ne pas empêcher qu'on y pénétrât au besoin. Quand René avait sonné, c'était pour faire apporter le coffret où dans un compartiment il y avait un assortiment de chaînettes et de ceintures, et dans l'autre un choix de ces tiges, qui allaient des plus minces aux plus épaisses. Toutes avaient en commun qu'elles s'élargissaient à la base, pour qu'on fût certain qu'elles ne remonteraient pas à l'intérieur du corps, ce qui aurait risqué de laisser se resserrer l'anneau de chair qu'elles devaient forcer et distendre. Ainsi écartelée, et chaque jour davantage, car chaque jour Jacques, qui la faisait mettre à genoux, ou plutôt prosterner, pour veiller à ce que Jeanne ou Monique, ou telle autre qui se trouvait là, fixassent la tige qu'il avait choisie, la choisissait plus épaisse. Au repas du soir, que les filles prenaient ensemble dans le même réfectoire, mais après leur bain, nues et fardées, O le portait encore, et du fait des chaînettes et de la ceinture, tout le monde pouvait voir qu'elle la portait. Elle ne lui était

enlevée, et par lui, qu'au moment où le valet Pierre venait l'enchaîner, soit au mur pour la nuit si personne ne la réclamait, soit les mains au dos s'il devait la reconduire à la bibliothèque. Rares furent les nuits où il ne se trouva pas quelqu'un pour faire usage de cette voie ainsi rapidement rendue aussi aisée, bien que toujours plus étroite que l'autre. Au bout de huit jours aucun appareil ne fut plus nécessaire et son amant dit à O qu'il était heureux qu'elle fût doublement ouverte, et qu'il veillerait à ce qu'elle le demeurât.

NICOLAS EDME RESTIF DE LA BRETONNE

L'ANTI-JUSTINE

1798

Nicolas Edme Restif de La Bretonne (1734-1806) fut un des auteurs les plus prolixes du XVIIIe *siècle. Son œuvre, de caractère autobiographique* (Monsieur Nicolas) *ou à visées sociales (il fut un grand admirateur de Rousseau), témoigne d'un sens aigu de l'observation et d'une grande liberté de pensée.*

Dans ses écrits érotiques, Restif prendra le parti d'une opposition très nette à Sade, condamnant la cruauté criminelle de ce dernier. Ainsi dans son Anti-Justine *s'attache-t-il à décrire toutes les délices de l'amour, jusqu'à la lubricité la plus extrême, mais sans jamais sombrer dans les excès du « sadisme ».*

Cette Anti-Justine *est un texte à l'écriture alerte, plein de saines et joyeuses fouteries. Restif n'y use pas de métaphores : un cul est appelé un cul, et non – comme chez celui qu'il nomme « l'infâme marquis de Sade » – « cet endroit qui nous fait ressembler à l'autre sexe ». Dans ce roman bien enlevé, épique, au style fort peu « dix-huitième siècle », on retrouve quelque chose de la pétulance, de l'énormité et des délicieuses inventions de langage des* Onze Mille Verges *d'Apollinaire.*

XVII
Du pucelage du cul : le père enconneur

La céleste Conquette-Ingénue fut toujours aussi juste que belle et sensible : qu'on ne soit pas surpris de ce qui va suivre.

Elle se mit sur le ventre, et lui dit : « Mon second ami ! Pommade-moi. Mon premier amour a eu le pucelage de mon bijou ; il est juste que tu aies celui de ma rosette ; mon papa sûrement m'approuvera ? »

— Ô déesse ! (répondit Timori, en lui insérant de la pommade dans l'anus avec une canule), que tu es raisonnable ! Il aura le conin, moi la rosette, et nous jouirons chacun d'une fouterie à nous seuls.

Timori enfonça, malgré quelques petits cris de ma chère fille, et après de vives saccades, il déchargea en s'écriant : « Foutre ! foutre ! quel cul… quel plaisir des dieux ! » Et il se pâma… Il fut épuisé, et de sperme et de forces, par ce coup seul… Aussi se rappela-t-il, à mon grand contentement, qu'il était attendu à sept heures. Il laissa l'amoureuse Conquette-Ingénue étendue sur le lit, après l'avoir remise sur le dos, afin de lui donner quelques coups de langue au con, pour baiser d'adieu.

XXVIII
De l'enculo-connillerie

[…]

Les deux camarades de Traitdamour tirèrent au premier roi, à qui dépucellerait le cul de Minone : car tous deux le voulaient avoir. Ce fut Cordaboyau (un bellot à vit moyen), que le sort favorisa. Il se pommada le vit jusqu'à la racine. Traitdamour fit coucher Minone sur le côté. Il mit Cordaboyau devant son cul, et Brisemotte (un beau à gros vit) devant son con. Il la fit ainsi enfiler des deux côtés ; les jeunes gens se la poussant l'un sur l'autre à qui

mieux. Ce qui donnait un tel plaisir à Minone, qu'elle se récriait : « Dieu… que j'ai de délices… c'est… une fouterie de princesse… On dit… que la Reine… fout ainsi entre… Dartois et Waudreuil… ce dernier a… le cul… »

— Allons (dit Traitdamour), tâchez de décharger tous trois en même temps. Cordaboyau poussait ; il retint la garce par les hanches, pour enfoncer plus avant ; Brisemotte en fit autant ; de sorte que rendue immobile, elle s'agitait néanmoins en tous sens.

Et enfin, pour le plaisir, ne nous refusons pas une telle friandise :

Le lendemain, j'allai chez mon père, auquel je racontai tout ce que Guae m'avait fait et dit.

— Bon ! me répondit-il, tu as du tempérament. Tu seras foutue, en con, en cul, en bouche, et tu seras heureuse… Vous serez mariés dans huit jours, et je t'aurais un fouteur plus gros que moi. En attendant, je vais te le mettre ; on ne saurait trop élargir un conin si mignon.

Mon père m'enconna, recommença trois fois.

ALINA REYES

DERRIÈRE LA PORTE

1994

« Un homme et une femme, l'un après l'autre, entrent, par le simulacre d'un petit cirque, dans le royaume d'Éros : un labyrinthe de couloirs sombres. Derrière chaque porte les attend une aventure sexuelle. À travers cette exploration des fantasmes se dessine une quête, une fuite plutôt devant les spectres de la mort et des regrets. »

Ainsi explique la quatrième de couverture... qui figure dans les premières pages du livre. Car ce roman, conçu à la manière des « aventures dont vous êtes le héros » est écrit en deux parties tête-bêche : le livre se lit dans un sens (parcours de l'homme), puis se retourne et se lit dans l'autre sens (parcours de la femme). Quarante chapitres de part et d'autre qui sont autant de portes derrière lesquelles le lecteur et la lectrice (le héros et l'héroïne) auront l'occasion de vivre leurs fantasmes les plus secrets.

Après Le Boucher *(1988),* Derrière la porte, *paru chez Laffont en 1994, a confirmé le talent d'auteur érotique d'Alina Reyes.*

Je n'eus pas longtemps à attendre et à rêver. La cloche se mit à sonner, et malheureusement je ne comptai que trois coups. Fidèle à ma mission cependant, je me plaçai aussitôt derrière la troisième Heure, qui, appuyée des deux bras sur la table, avait remonté sa robe jusqu'à la taille et me présentait, les reins cambrés, un cul appétissant, aussi rond que nu. Je regardai Minuit et je défis mon pantalon, que je laissai tomber à mes pieds.

Dès qu'elles virent ma queue dressée, les sœurs entrèrent dans une sorte de transe érotique et se mirent à m'encourager avec les mots les plus grossiers. « Vas-y, encule-la, cette salope ! Fous-la-lui dans son gros cul plein de merde ! N'est-ce pas que nous sommes toutes de belles salopes de voleuses ? Que nous ne méritons que de nous faire défoncer le cul par ta grosse queue ? »

La fille tendait tellement son cul, et elle était tellement excitée, que sa rosette s'était pratiquement ouverte d'elle-même, et que j'y étais entré en deux coups de rein. Maintenant, elle hoquetait de plaisir, en articulant : « Dis-le-moi, dis-le-moi », sans jamais préciser ce qu'elle voulait que je lui dise. Presque face à moi, la petite rousse, qui était la huitième Heure, tirait la langue.

Elle et ses sœurs, autour de la table, avaient toutes retroussé leur robe et, à la queue leu leu, elles s'enculaient l'une l'autre de deux doigts. Je regardai Minuit, qui jouissait sans retenue comme les autres, et je dis doucement : « Salope ». L'Heure que j'enculai poussa un cri de joie. Je le redis, encore et encore, de plus en plus fort, sans cesser de limer la fille, qui bavait maintenant de plaisir et de rage dans une tasse de thé, les mains pleines de crèmes et de gâteaux écrasés.

— Voilà pour toi, sale chienne d'Heure, dis-je en envoyant un dernier et violent coup de queue.

Et j'éjaculai en riant dans son cul étroit.

*

* *

Autour de moi, il se formait comme un mouvement de fête. Les anges mâles et hermaphrodites s'amusaient maintenant à se prendre en enfilade, les uns derrière les autres. La chaîne comptait déjà plusieurs dizaines de membres et s'allongeait d'instant en instant. Sans réfléchir davantage, d'un coup énergique, je pénétrai dans le cul rose et ouvert qui se tendait devant moi. Et puis un autre ange vint se planter derrière moi, puisque telle était la loi de la chaîne, et cette fois je le laissai faire. Je sentis le bout de sa queue écarter doucement mon anus, puis se glisser à l'intérieur, où elle finit par pénétrer à fond. Il se mit à me ramoner, dans le même rythme ou je défonçais l'autre, le rythme de la chaîne tout entière. La douleur avait fait place à une joie étrange, à la fois de rage et de plaisir, de violence et de soumission, d'envie de faire mal et d'envie de jouir.

ROCCO ET ANTONIA

SI LES PORCS AVAIENT DES AILES

1977

Édité pour la France chez Stock en 1977, ce roman venu de la très catholique Italie, où il fut censuré, conte l'histoire de deux adolescents de seize ans, Rocco et Antonia, qui – d'après la présentation de l'éditeur – « exhibent leur sensualité, fument quelques joints, vont à des manifs où ils se rencontrent. Depuis ils s'aiment, ils se marrent, délirent, font l'amour comme des fous, se séparent – peut-être pour l'avoir trop fait ? ou par crainte d'instaurer des rapports petits-bourgeois de couple… »

Plus loin : « Love-story gauchiste ? Simple histoire d'amour ? Plutôt un document audacieux, virulent cliché d'une époque. La libération passe ici par le langage, tout à fait nouveau, né du jargon soixante-huitard et de l'underground. »

Un programme bien alléchant ! Mais les quatrièmes de couvertures sont faites pour ça…

Voici une des « scènes de baise », où Rocco décide de sodomiser Antonia pour la première fois. Elle donne lieu à un monologue intérieur tout à fait savoureux. C'est Rocco qui raconte :

Quand même, quelles conneries il me vient en tête pendant que je baise ! Possible que je pense à ces images de BD porno ? Maintenant, allongeons-nous. Mais je ne monte pas sur toi.

Pas tout de suite. D'abord on va faire quelque chose d'autre. Oui, c'est ça, embrasse-moi le torse. Le ventre, le nombril. Si je soupire en me démenant un peu, elle va peut-être piger que ça me plairait qu'elle m'embrasse là. Mais non, remonte, bordel. Embrasse-moi encore, ça, je peux le lui dire. Encore sur le ventre. Pourquoi elle ne descend pas un peu ? Maintenant, je lui mets une main sur la tête, je lui caresse les cheveux, mais une caresse de bas en haut, hein, une toute petite poussée, quoi, qui n'en ait pas l'air. Si elle veut piger, elle pigera. Elle a pigé. Très bien, Antonia. Oui, tout autour des poils – pas que ça représente une grande surface – et maintenant, plus bas encore. Voilà, embrasse-le. Les couilles aussi, très bien. Tu comprends que ça me botte vachement ? Il me semble que je suis en train de te le faire comprendre. Mais dans sa bouche, dedans, est-ce qu'elle va me le prendre ?

Jouir dans sa bouche, ce serait extra, mais, ça, il ne faut pas trop y compter. Pourtant, elle l'a pris dans sa bouche. Et même, elle le suce. Mais qu'est-ce qu'elle fiche, maintenant ? Ah, elle n'était pas à son aise, la pauvre. Elle se met à cheval sur moi. Et continue à sucer.

Son truc est juste devant mes yeux. Vu d'ici, il me fait une drôle d'impression. Et il a une odeur bizarre. Je ne sais pas si ça me botte ou si ça me dégoûte. Peut-être les deux en même temps. Et peut-être que je devrais lui faire ce qu'elle me fait à moi. Pas que l'idée m'emballe tellement. Pourtant, il faut que je le fasse, putain, il le faut absolument. Probable que ça ne l'emballe pas non plus de me lécher la sucette, et pourtant, elle le fait. Posons les lèvres, rien que pour voir l'effet que ça donne. Bof, c'est supportable. Et maintenant, un petit coup de lèche. Pas mal. Oui, je le lui fais, c'est décidé. Je pourrais peut-être, en même temps, lui mettre un doigt dans le cul, et d'un autre, lui

toucher le clito. Quel amateur raffiné je suis ! Un maître chinois. Évidemment, ça sent de plus en plus. Mais elle, elle continue, et peut-être qu'elle va me laisser jouir dedans. Ça y est presque. Non, elle s'arrête. Elle doit l'avoir pigé, que ça y est presque. Maintenant, elle va se retourner. Reste comme ça, Antonia. Elle ne bouge plus, et je me dégage de dessous elle. Peut-être pense-t-elle que je veux la prendre comme l'autre fois, chez Simona. Maintenant, je suis derrière elle. Je la frotte un peu contre son truc, mais je ne le mets pas dedans. Voyons si je peux emprunter l'autre voie. Si elle dit quelque chose, je m'arrête tout de suite. J'approche le bout de ma bite de l'autre trou. Elle ne dit rien, bon signe. Un peu plus fort. Encore un peu. Maintenant, j'y suis, je l'ai sûrement trouvé. Allons-y en douceur, je ne te ferai pas mal. Comme c'est étroit, putain ! Doucement. Ne pas se mettre à jouir tout de suite. Le bout a dû rentrer. Le pire est fait. Poussons. Pourquoi geint-elle comme ça ? Ça y est, j'y suis. De haut en bas, go. Plutôt, d'avant en arrière. Fais gaffe qu'il ne glisse pas, pourtant. Je l'encule. Tu te rends compte que tu es en train de l'enculer ? Super, super, super ! Tu es en train d'enculer une nana, ce n'est pas super ? D'accord, l'idée me botte encore plus que le fait en soi, sûr que l'idée me botte vraiment un monde. Je suis en train de l'enculer, de l'en culer, de l'enculer. J'ai joui. Pourtant, je ne peux pas rester écroulé sur elle, jusqu'à ce que je reprenne mes sens. La laisser tomber comme ça, c'est gênant. Moi, je ne lui ai rien fait, à elle. Je ne l'ai pas fait jouir. Peut-être que je lui ai fait mal. Peut-être que ça ne lui a pas plus du tout. Dans les BD, d'habitude, la nana dit au mec : « Oui, oui, encore, tringle-moi toute ! » Tu parles. M'étonnerait pas qu'elle n'ait vraiment pas apprécié. Putain, à la voir, on ne sait jamais ce qu'elle pense. De toute façon, je vais la câliner un peu. Je t'aime, ma ciboulette. Je t'aime tant. Je te donne des tas de bisous. Tu es si douce.

La même scène, mais racontée cette fois par Antonia, à qui visiblement ces nouveaux jeux ne plaisent pas, mais vraiment pas du tout ! Un monologue, toujours, et donc l'inévitable malentendu…

Allons bon, pourquoi ce con ne me vient-il pas dessus, maintenant ? Il a oublié comment ça se fait ? Non, il a une autre idée en tête. Super-excité. Et moi ? La panique. Si je ne bouge pas, et que je fais la morte, je vais sûrement me mettre à chialer : moi, je me sens la victime, dans ces cas-là. Il y a des fois où je voudrais faire l'amour avec un paralytique. Seigneur, flanque-lui une attaque, qu'il reste bloqué là pour toujours, les mains sur mes fesses, et les yeux au ciel. Rien. Il me regarde comme s'il allait faire des exercices aux barres parallèles. Seule solution pour ne pas éclater en sanglots : prendre l'initiative. Si c'est moi qui les fais, les choses ne me semblent plus du tout dégueu, en tout cas, beaucoup moins, et surtout, je n'ai plus peur.

Je lui descends le long du corps baiser par baiser, petit coup de langue au nombril (mini-pénétration), duvet, duvet (maman, je t'en supplie, donne-moi la force de résister en zone bite). Mais cette espèce de bourrade serait une caresse ? Pourquoi es-tu si hypocrite ? Autant me prendre par le bout de l'oreille gauche et me plaquer contre ton truc, pas besoin de t'inventer des transports de la passion… Quand la rage me prend, je me refroidis, je me hais, et je deviens un glaçon, et plus je le hais, plus je me glace. Et, pour finir, j'ai l'air de quoi ? D'accord, je commence à m'en fiche d'avoir l'air salope avec Rocco (comme il est blanc, comme il n'est pas poilu), ce n'est pas la première fois, et maintenant, il me suffit de dégrafer l'un des boutons de ce foutu chemisier pour le faire souffler comme une bête.

Non, Rocco, je ne t'aime pas, et ce n'est pas par amour que je te lèche le zizi. Voilà, je passe ma langue sur la fissure, puis je le prends dans ma bouche (quelle audace). Pas qu'il le mérite. Mais si je fais progresser la situation, je

finirai peut-être par y prendre goût. Noble compétition. Contre moi-même. D'ailleurs, ou je le fais, ou je m'endors. Ou je me lève, ou je me tire. Ou je ferme ma bouche de toutes mes forces avec ce truc chaud dedans, je serre les dents, et je le lui détache d'un coup sec. Ou je multiplie les caresses, et j'essaie d'avoir de l'amour pour lui ? Bon, ce n'est pas si atroce, au fond… Tu es dingue de moi, mon tout-petit ? Je ne t'affole pas de plaisir ? Merde, je vais avoir une crampe. Voici la célèbre pute contorsionniste tandis qu'elle suce le truc de son client. Avant que la crampe n'éteigne en moi toute passion, si ça ne t'ennuie pas, vieux, je me mets à cheval sur toi.

Seigneur ! Qu'est-ce qu'il fiche ? Il me lèche la chose. Il se déchaîne… ça chatouille… je me suis lavée ?… ça pique… Chatte toute mouillée… j'espère que ce n'est pas vénéneux, ce liquide qui me sort de je ne sais où ? Ça sent le fer sucré, le sucre oxydé, est-ce par amour qu'il a risqué la syncope dans cette posture d'amateur raffiné ? Je ne pige pas pourquoi on ne pouvait pas le faire comme d'habitude, lui qui dit « oui, oui » en jouissant, et sa figure par-dessus la mienne, et moi qui peux l'embrasser sur la bouche, lui mettre mes deux bras serrés autour du cou, et le sentir tout près, tout près, me sentir comme si nous n'étions qu'un seul corps, fait d'un mec et d'une nana. Y en a marre, maintenant. Retire ton doigt de là. Tu vas te décider à piger que je me sens violée si tu fais comme ça ? J'ai mis deux ans à ouvrir les jambes sans avoir peur, et maintenant, tu veux que je m'ouvre par-derrière ? J'ai horreur de te sentir derrière moi. Et si tu veux le savoir, j'en ai honte, aussi. Bon, ça va, laissons-le faire. Vu que dès demain, je te largue, mon vieux. Hypocrite ! Si tu veux m'enculer, grouille-toi. Essaie au moins d'être brutal. En avant ! Je vais me mettre encore plus en rogne si tu trempes ton machin petit à petit, comme deux doigts dans un bénitier. Rien : pas une ombre de plaisir. Il pourrait au moins me caresser le clito d'une main, comme ça, en se glissant sous mon ventre.

Tu parles. Il s'en fout pas mal. Aïe… Aïe… Qu'est-ce qu'il fiche ? Tu veux m'amocher pour toujours ? La honte. Je vais saigner. J'ai perdu une autre virginité. Je suis en train de la perdre. Cette fois-là, avec Carlo, j'étais une môme et j'avais grande envie de la perdre, mais sur le coup, ça m'a paru quand même une chose irrémédiable, comme quand on se coupe les cheveux. Oh, je t'en prie, je t'en prie, arrête-toi. Possible que tu ne comprennes pas que je ne ressens rien ? Tu prends ton pied à la nécrophilie, toi. En plus, tu me fais mal, je ne vois pas ta figure et je n'arrive pas à m'imaginer quelque chose de beau. Il n'arrive jamais rien de beau, par-derrière. Je ne peux sourire qu'à mon oreiller, ou plutôt, j'ai envie de chialer dessus, je le mords comme quand on vous fait mal, pour ne pas hurler. D'avant en arrière, de haut en bas, et que-tu-es-viril ! Il me semble que je ne t'ai jamais aimé du tout.

DONATIEN ALPHONSE FRANÇOIS, MARQUIS DE SADE

LES 120 JOURNÉES DE SODOME

1785

On ne peut, dans une telle anthologie, s'abstenir de citer l'une des œuvres maîtresses de Sade, quoique restée aux trois quarts à l'état de synopsis.

Des cent vingt journées prévues, seules les trente premières (le mois de novembre) ont été écrites et décrites. Les suivantes ne sont que résumées, avec le scénario des orgies et cruautés qui vont aller en s'accentuant au fil des jours. Voici quelques extraits des réjouissances que Sade avait prévu de développer mais qui ne sont donc demeurées qu'à l'état de plan. Le délire érotomane du « Divin Marquis » y atteint ses ultimes limites.

6 décembre. Le soir, Fanny est livrée en con à l'assemblée, mais comme l'évêque et Durcet ne foutent pas en con, elle n'est foutue que par Curval et le duc. De ce moment, elle porte un petit ruban en écharpe, et après la perte de ses deux pucelages, elle en portera un rose très large.

*

*   *

25 décembre. Ce soir-là on fait faire des profanations à Adélaïde et à Sophie, les deux dévotes, et le duc dépucelle Augustine dont il est amoureux depuis longtemps ; il lui décharge trois fois de suite dans le con. Et dès le même soir il propose de la faire courir nue dans les cours par le froid affreux qu'il fait. Il le propose vivement ; on ne veut pas parce qu'elle est très jolie et qu'on veut la conserver, que d'ailleurs elle n'est pas encore dépucelée par-derrière. Il offre deux cents louis à la société pour la faire descendre au caveau dès le même soir. On refuse. Il veut au moins qu'elle ait le cul claqué. Elle reçoit vingt-cinq claques de chaque ami. Mais le duc donne les siennes à tour de bras, et décharge une quatrième fois en les donnant. Il couche avec elle, et l'enconne encore trois coups pendant la nuit.

*

*   *

4 janvier. Pour réunir l'inceste, l'adultère, la sodomie et le sacrilège, il encule sa fille mariée avec une hostie.

*

*   *

22 janvier. Le duc ce soir-là dépucelle Rosette en cul, et à l'instant où le vit entre dans le cul, Curval arrache une dent à la petite fille pour qu'elle éprouve à la fois deux terribles douleurs. Le même soir elle est livrée pour ne pas déranger la fête du lendemain. Quand Curval lui a déchargé dans le cul (et il n'a passé que le dernier), il jette la petite fille à la renverse par un soufflet à tour de bras.

*

* *

14 février. Le soir Céladon est livré pour le cul ; le duc et Curval s'en donnent avec lui. Curval veut qu'on saigne Constance pour sa grossesse et il la saigne lui-même en déchargeant dans le cul de Céladon, puis il coupe un téton à Thérèse en enculant Zelmire, et le duc encule Thérèse pendant qu'on l'opère.

*

* *

16 février. Il aimait les pucelages des filles, et sa seconde est d'enfourcher une pucelle par le con avec un pieu pointu ; elle est là comme à cheval, on le lui enfonce, un boulet de canon à chaque pied, et on la laisse ainsi mourir à petit feu.

*

* *

22 février. Le même soir Giton est livré à des supplices : le duc, Curval, Hercule et Brise-cul le foutent sans pommade. On le fouette à tour de bras, on lui arrache quatre dents, on lui coupe quatre doigts (toujours par quatre parce que chacun officie), et Durcet lui écrase une couille entre ses doigts.

Augustine est fouettée par tous quatre à tour de bras. Son beau cul est mis en sang. Le duc l'encule pendant que Curval lui coupe un doigt, puis Curval l'encule pendant que le duc la brûle sur les cuisses avec un fer rouge à six endroits ; il lui coupe encore un doigt de la main à l'instant de la décharge de Curval et malgré tout cela elle n'en va pas moins coucher avec le duc. On casse un bras à Marie, on lui arrache les ongles des doigts et on les lui brûle.

Cette même nuit, Durcet et Curval descendent Adélaïde au caveau aidés de Desgranges et de Duclos. Curval l'encule pour la dernière fois, puis ils la font périr dans des supplices affreux que vous détaillerez.

HÉLÈNE SAINT-ANGE

LE DRESSAGE DES OIES BLANCHES

1962

Un pasteur lubrique aux goûts sodomites et des petites filles soumises et punissables à merci, voici les ingrédients de base pour un très classique roman sado-pédophile.

Ce type de littérature fantasmatique est plus qu'abondant. Celui que nous citons ici n'est que représentatif de ces milliers de livres qui ont exploité avec plus ou moins de bonheur ce thème éternel de l'homme d'Église sadique et de sa pénitente naïve.

Les couilles lourdement gonflées étaient coincées contre la jeune vulve bâillante et les poils de l'enculeur ecclésiastique venaient maintenant chatouiller l'anus affreusement dilaté autour du mandrin musclé et nerveux.

Enfin la punition prend fin. L'ignoble Mac Leod se retire du petit derrière et sort d'un tiroir le tube de vaseline. Après s'en être enduit, il « en passe gros comme une noisette sur les fronces dilatées de la rosette » *puis reprend sa place et c'est reparti pour un tour.*

Mais cette fois-ci le plaisir est au rendez-vous. L'infâme pasteur cède la place au brave tonton soucieux du bonheur de sa petite nièce. Et c'est de la plus charmante façon que s'achève cette rude punition.

Cette fois-ci le phallus, aidé par la vaseline, s'enfonça malgré toute son épaisseur avec une étonnante facilité. Seuls quelques soupirs gémissants montèrent de l'oreiller où était enfoui le joli minois.

Gagnée par une sorte d'obscène plaisir à sentir l'énorme tube planté à fond dans son derrière frissonnant, la gamine se détendit et le prêtre commença à lui imposer en douceur le rythme de Sodome à grands coups lents et longs.

Ventre à fesses, couché sur le dos de la petite fille, le Révérend râlait d'ineffable joie, le visage dans les cheveux de Mary. Sous l'emprise du rut et de la volupté il enculait cette sainte nitouche avec d'affreux mots cochons.

— Tiens ! sens bien comme ça entre !... tiens... dans ton cul... tout ça... Tu sens dis... tout le morceau... tu sens ?... Tends les fesses, donne-moi bien ton petit cul... petite chérie... Ah ! mon ange... que c'est bon... que c'est bon !

Son ventre claquait sur les fesses et ses grosses couilles heurtaient la jolie vulve béante qui saillait en-dessous.

— Aaaah... aaah... râlait doucement sa jeune nièce à chaque coup de pine.

Elle avait fermé les yeux et tout en geignant doucement elle se laissait enculer avec une passivité excitante. La

grosseur du pal qui distendait son anus lui procurait une étrange jouissance. […] Sous le voluptueux va-et-vient qui lui bourrait le derrière elle se mit à gémir de bonheur.

[…]

La main de son oncle glissa sous le ventre de Mary, trouva entre les cuisses de l'adolescente, dans le doux friselis de la toison d'ébène, le sexe palpitant. Ses doigts s'insinuèrent entre les lèvres épaisses et humides et se mirent à branler le bouton d'amour raide et gonflé.

Alors ce fut le spasme divin. Mary se laissa emporter par la jouissance. Ses râles et ses cris couvrirent le halètement bestial du prêtre enculeur qui la possédait avec frénésie et dans une dernière convulsion elle s'écroula repue, épuisée, le gros vit implanté au plus profond d'elle-même tandis que le sperme brûlant giclait par saccades puissantes dans ses entrailles palpitantes et suceuses…

Quand tout est consommé, le bon tonton redevient homme d'Église. Il déclare aux deux petites filles (sa nièce et une petite nouvelle à qui il a tenu à montrer le spectacle de ce qui l'attend) :

— Maintenant, mes mignonnes, pendant que je vais me laver, vous allez faire une bonne prière pour demander au petit Jésus de nous pardonner ce que nous venons de faire et ensuite quand vous aurez terminé, habillez-vous, je vais reconduire Cherry jusqu'au château car il fait déjà nuit et Miss Dildo doit peut-être s'inquiéter.

DENYS SANGUIN DE SAINT-PAVIN

SONNETS

Vers 1650

Denys Sanguin de Saint-Pavin (1590-1670) fut abbé de l'abbaye de Livry. Mais comme en attestent les poèmes qu'il a laissés à la postérité, il n'y mena certainement pas une existence austère et confite en dévotion. Cet intéressant sybarite, disciple de Théophile de Viau, fut un parfait incroyant, ce qui lui valut maints démêlés avec les autorités ecclésiastiques. Malgré (grâce à ?) une vie de libertinage, il atteignit un âge avancé.

Caliste, propre et bien frisée,
Forçant l'ordre de son destin
Pour me venir voir, un matin,
S'était en Page déguisée.

La petite, assez avisée,
Craignait qu'en jupe de satin,
À son teint délicat et fin
La porte lui fust refusée.

À l'aspect de ses doux appas,
J'arçay, je ne m'en défens pas,
Mais elle parut si gentille

Que pour la sauver du soupçon
Je la traitai comme une fille
Qui voulait passer pour garçon.

JACQUES SERGUINE

DÉLIT DU CORPS

1998

Les héros de romans érotiques sont plus souvent des femmes que des hommes, et plus rarement encore de jeunes garçons. Le très envoûtant roman de Jacques Serguine, Délit du corps, *paru en 1998 aux Éditions Blanche, conte les mésaventures d'un tout jeune garçon qui possède la particularité d'être nanti d'un sexe monstrueux, monstrueux en tout cas pour son âge. Cette monstruosité en fera la proie de maniaques de toutes sortes, jusqu'à ce qu'il trouve l'amour et l'apaisement auprès de deux petites filles qu'il sauvera des entreprises d'une geôlière perverse et, surtout, auprès d'une psychologue à la personnalité attachante. Cette jeune femme, à la fois candide et délurée, est un des personnages les plus réussis de cette histoire remarquable, servie par l'écriture superbe de Serguine, auteur, entre bien d'autres, de* Mano l'archange *et de* Éloge de la fessée.

Dans le passage suivant, véritable description clinique de la sodomie, notre héros de douze ans tire une cuisante vengeance de la « tutrice hystérique » qui leur en a tant fait voir, à lui et à ses deux petites amies.

Je n'affectai ni de caresser, ni d'embrasser ou même d'inspecter mieux le magique et minuscule cratère. Aussitôt nu, je fis béer entre deux doigts l'ouverture, décapuchonnai à fond mon gland, que la tension asséchait, et empalai férocement la femme. Elle hurla, et mon esprit rassembla en un éclair deux réveils dégueulasses, chez Didier, alors que celui-ci se tuait, me crucifiant en même temps, à me loger son gland qu'on eût dit noueux dans le derrière. Puis la sensation m'aspira, m'engloutit vertigineusement, ainsi que paraissait m'aspirer et m'engloutir le rectum de la femme. À la différence de ce qui s'était passé lors du lavement, commençant par hurler, puis sanglotant et produisant des espèces de râles tout en restant bien soumise, elle ne cessa de gigoter, et de faire en sorte de se débarrasser de ma bite, tout le temps que je l'introduisais en elle. J'ai reconnu que je suis d'une longueur anormale. L'adorable petit bourrelet, amenuisé encore et tout étiré maintenant, semblait me sucer telle une bouche, et cela me rendait très indifférent aux cris et aux sursauts de la salope, me communiquait au contraire plus frénétiquement le désir et le besoin de la pénétrer, de m'enfoncer, de me secouer en elle, comme la flèche ou le javelot se secoueraient au cœur même de la cible. Par bonheur pour elle, son étui rectal s'était trouvé à cet instant plus moite que mon gland et mon interminable pine, asséchés, je crois que je l'ai dit, par l'excessive distension. Sans doute cela évita-t-il à la femme d'être déchirée jusqu'au vagin. L'anneau du sphincter me serrait comme s'il m'embrassait, ensuite se creusait l'espace intime du rectum, et tout au fond, je retrouvais ou rêvais que je retrouvais l'enveloppement tendre et brûlant des entrailles. Ainsi, la préhension tout autour du gland et de la hampe se faisait, elle-même, assez étroite et chaleureuse, pour qu'en quelques coulissements, très aisés malgré tout, mais plus souples que fondants ainsi qu'à l'intérieur du vagin, mon sperme se rue à l'incision de mon propre sexe, et, de là, tel un projectile, vers le chaud côlon de la femme. Dégorgée, ma bite se rétracta

notablement, et je la laissai là, à l'abri du rectum, sachant que l'anus devait, de son côté, éprouver un soulagement, et laissant aussi la femme, plus molle maintenant que ma bite, pleurnicher sur son cul dilaté, et la honte infligée et lâchement reçue.

JACQUES SERGUINE

CRUELLE ZÉLANDE

1979

Pour Stella Mac Leod, âgée de 26 ans, le devoir conjugal a toujours été un pensum, lorsqu'elle se fait enlever par une tribu de sauvages érotomanes de Nouvelle-Zélande.

Hommes, femmes et enfants de cette bien sympathique communauté vont s'ingénier, au fil des jours et des nuits, à décoincer notre puritaine Anglaise. Rebelle tout d'abord, puis résignée, puis intéressée, puis enthousiaste, celle-ci, d'initiation en initiation, ne tardera pas à rattraper le temps perdu.

L'épisode où notre héroïne subit sa première sodomie est en tous points remarquable. D'abord par la grande qualité de l'écriture, ensuite, et peut-être surtout, par la très précise analyse de ce que ressent la jeune femme. On a rarement lu plus juste description des sensations du ou de la sodomisée : cette opposition entre le vide des entrailles, que rien ne vient combler, et le resserrement de l'anus, unique et étroit point de contact « des muqueuses avec les muqueuses, de la chair avec la chair ». *Pauvre Stella Mac Leod, mais si vaillante petite femme, subissant la douloureuse dilatation de son anus vierge, mais sans néanmoins chercher à expulser d'elle le monstrueux corps étranger qui la déchire, s'efforçant même de le garder et de le ressentir,* « parce qu'il n'y a justement que

lui que l'on parvienne à sentir, même si c'est dans le déchirement, même si c'est dans la douleur. »

Et c'est, comme il se doit, le courage et la bonne volonté de notre jeune Anglaise qui la récompenseront de ses efforts… et transformeront ses souffrances en plaisir.

Publié anonymement chez Pauvert en 1979, ce roman revendiqua ensuite son auteur en la personne de Jacques Serguine.

Et ce barbare, au moment même où je jouissais presque, en vérité, de la frénésie de ne pas arriver à jouir, décida de me sodomiser. Son gland monstrueux me dilata l'anus avec une force terrible, l'arrondit autour de soi au point que je crus qu'il allait éclater, poussa, força encore tandis que moi-même je ne pouvais retenir un cri déchirant, et que j'en pissais sous moi de douleur. Il poursuivit sans pitié son effort jusqu'au moment où le rebord de l'énorme capuchon de chair, comme le cran d'une tête de flèche, eut franchi le misérable anneau, atrocement distendu. Et soudain, à la façon d'un bouchon qui saute hors d'une bouteille de vin mousseux, la masse même du gland jaillit dans mes entrailles et parut s'y enfoncer à l'infini, propulsée par toute la longueur et tout le poids effrayant de la verge. Le lavement, la mince et longiligne canule, qui m'avaient si bien étonnée quand Nawa-Na les insinuait en moi, et l'avaient tant fait pleurer elle-même, lorsque je m'étais amusée à lui rendre la pareille, n'étaient vraiment qu'une plaisanterie comparés à ce viol. Des mots mêmes, je m'en rendais compte maintenant, je m'étais servie jusqu'alors inconsidérément. On ne sait pas ce que c'est qu'être violée, sondée et fouillée au cœur des entrailles, aussi longtemps qu'une trique d'homme, surtout si elle a la taille de celle de RaHau, ne vous a pas ouvert dc force l'anus, n'a pas plongé d'un bond monstrueux en vous, ne s'est pas logée tout entière dans ce qu'il semble que votre

corps a de plus étroit, de plus secret, de plus privé. Pour tout dire, la sensation est d'autant plus épouvantable que la verge ne comble pas les entrailles, comme elle peut combler le vagin. Après le premier déchirement de la pénétration, on pourrait croire réellement qu'elle joue en liberté, s'agite et s'ébat dans une sorte de vide, tandis qu'en arrière l'anus demeure écartelé à la limite de sa résistance autour de la racine, qu'il enserre malgré lui comme pour l'agripper, comme pour l'empêcher de s'en aller, alors qu'elle le torture, et qu'il voudrait désespérément la rejeter, l'expulser. Ressentant, tout au fond de soi, au cœur des entrailles, cette impression de vide, l'affolante absence du contact des muqueuses avec les muqueuses, de la chair avec la chair, malgré que l'on en ait, malgré l'intolérable souffrance, ou plutôt en raison de cette souffrance même on revient, dans sa conscience, et dans le désir rendu furieux de la sensation, à cette atroce dilatation de l'anus. On voudrait, au prix de la vie, arracher de soi le monstrueux corps étranger, et, dans le même temps, on s'efforce avec tout son propre corps de le garder, afin de le sentir justement, parce qu'il n'y a justement que lui que l'on parvienne à sentir, même si c'est dans le déchirement, et même si c'est dans la douleur. Ainsi, au lieu de demeurer simplement enfilée, et de tenter de diminuer autant que possible cette douleur, en ne bougeant pas, en me conformant de mon mieux à l'énorme verge de RaHau, et en empêchant aussi ce dernier de bouger en moi, je ne pouvais me tenir d'avancer et de reculer tout le corps, et par conséquent l'anus, autour d'elle, réellement comme un anneau coulisserait sur une tringle monstrueuse, le moment où j'éprouvais la souffrance la plus aiguë, coïncidant avec celui où j'atteignais, retrouvais et reconnaissais pour ainsi dire, le plus bouleversant plaisir. C'était le moment où, m'étant avancée autant que je le pouvais, je contraignais du même coup le gland de mon amant à reculer en moi, autant aussi qu'il le pouvait, jusqu'au dernier col de l'anus, qu'il ébranlait et frappait ainsi de l'intérieur, le distendant un peu

plus, et prêt à sortir de lui dans un dernier arrachement. À cette seconde précise, où la plus forte largeur, et la plus forte épaisseur du gland de RaHau, s'engageaient à reculons, pour ainsi dire, dans le plus étroit resserrement de mon anus, et allait en redéboucher, en rejaillir en arrière, hors de moi, hors de mon corps et de mon âme, à l'air libre, la souffrance devenait intolérable, et je jetais un cri terrible. Mais ce choc même à l'intérieur de moi, contre la face interne des portes qui ferment mon propre corps, me secouait des pieds à la tête, me ramassant en une seule frénétique convulsion de plaisir, et au cœur même de la souffrance et de ce plaisir, je retrouvais et reconnaissais la force de sursauter, de rebondir vers RaHau, autour de sa verge, qui était son corps et son âme à lui, pour m'en saisir, empêcher qu'elle ne s'évadât, l'avaler et l'engloutir de nouveau avec mon anus, et de nouveau la sentir s'enfiler longuement, lentement dans mes entrailles, jusqu'au plus profond de moi. RaHau lui-même ne contenait plus des grognements de joie et de douleur mêlées qui ressemblaient à des hennissements. Beaucoup mieux qu'avec les muscles du col vaginal je parvenais à lui scier le gland, au fur et à mesure qu'il se rapprochait, de l'intérieur vers l'extérieur, de mon anus, et il devait avoir l'impression, par moments, que c'était sa verge elle-même, tout entière, que je finirais par arracher à son ventre et à gober, à garder irrésistiblement dans le mien. Quand, à défaut de sa verge, je fis jaillir de lui, et lui extirpai, la sève même de son plaisir, tel le jus d'un fruit qu'on écrase entre les doigts, il poussa un véritable hurlement, je criai moi aussi, et je sentis avec une foudroyante netteté le jet brûlant se décharger par saccades, criblant lumineusement les sombres cavernes de mon corps. Tout comme la première fois qu'il m'avait baisée, je roulai dans l'herbe aussitôt que la verge, à la façon d'un élastique qu'on étire jusqu'à le rompre, et qui se rétracte, fut ressortie de mon anus, et de moi. RaHau sombra de son côté, assommé comme avec un merlin.

STÉPHANE T.

TRAITÉ DU BOUDIN

1997

Dans le Traité du boudin, *édité à petit nombre aux éditions Ensemble Vide, le narrateur nous raconte son intéressante expérience.* « Longtemps, j'ai souffert de ma condition de moche. Je naviguais d'échec en échec, traînant mes parties génitales au bord de l'explosion dans des sphères qui n'étaient d'aucune façon prêtes à les soulager. »

Pourtant un jour vint la révélation : la rencontre de Gertrude au cours d'une soirée passablement arrosée. Gertrude, un authentique boudin... « Gertrude aurait pu sans conteste prétendre à un poste de mannequin chez Olida. De type sanguin, la peau blanche veinée de bleu, grasse comme une truie, elle était en sus charpentée comme un bûcheron. Ses traits étaient sans délicatesse aucune, mais ses petits yeux bleus de cochonne étaient allumés d'une lueur de stupre. »

Et voilà comment on découvre l'Amérique, l'Eldorado, le Paradis ! « Lucien et moi avions découvert le filon. Pendant des années nous nous étions échinés à tenter de séduire de jolies filles qui ne nous avaient rendu que mépris et froideur, alors que là, juste sous notre nez, dormait un véritable trésor. Des centaines et des centaines, des milliers

et des milliers de femmes, dépréciées, conspuées, méprisées nous attendaient, seins généreux de n'avoir personne à qui se donner, cons entrouverts comme autant de portes entrebâillées. L'immense mer mamelue de celles que péjorativement on nomme les boudins nous tendait ses bras dodus. »

Beaucoup de truculence. Un livre qui se lit en souriant. Auteur anonyme, hélas.

Lucien et moi décidâmes de continuer nos investigations boudinesques. À deux ou en solo, nous explorâmes les tréfonds du boudinisme ; nous constituant un carnet d'adresses d'un volume bien supérieur à la capacité de nos testicules. D'autant que le nombre de nos contacts semblait exponentiel : c'est que les boudins forment une véritable congrégation, au sein de laquelle les messages circulent vite… Et les boudins de la Faculté profitaient de nous largement autant que nous profitions d'elles.

Bien sûr nous connûmes des échecs. Telle mijaurée ne voulait pas sucer, telle autre refusait qu'on l'enculât. Dans ces cas-là, nous n'insistions pas : la cruchotte se mordait vite les doigts en entendant la nuit les braiments de plaisir de ses voisines de palier. En quelques mois, nous jouîmes au sein de notre section d'une réputation qui ne manqua pas d'intriguer, voire d'énerver.

Mais le boudin étudiant va un temps. Déjà nous convoitions des proies autrement plus difficiles, et partant, plus excitantes. La secrétaire de la section était un magnifique boudin d'environ cinquante-cinq ans. Elle était toujours engoncée dans des tailleurs austères, ses cheveux blanchissants relevés en chignon. Des rides d'amertume lui marquaient le visage. Elle passait généralement pour une sorte de dragon.

Le pari de baiser à couilles rabattues ce corps contraint, policé, plein de raideur, l'idée de remplacer par nos bites

le balai qu'elle avait dans le cul nous mettaient, Lucien et moi, dans un état d'excitation incomparable.

Après la période d'observation nécessaire à la réalisation d'un tel challenge, nous commençâmes les manœuvres d'approche – courtoisie extrême, à la limite du « fayotage », langage très doux relevé par endroits de quelques pointes ambiguës, du simple compliment à l'allusion graveleuse. Au bout de quelques semaines, le boudin était presque à point. Au début un peu choquée, voilà qu'elle s'était mise à rire franchement à nos plaisanteries, d'un rire un peu vulgaire, un peu obscène.

Aussi, quand Micheline (son vrai nom était dans ce goût-là) se mit à nous battre froid, nous ne doutâmes point de la raison de ce brusque changement de comportement. La dame, nous le savions, avait la faiblesse d'apprécier les ragots, et il dut un jour lui tomber dans l'oreille – à moins qu'elle n'ait pris d'elle-même ses renseignements – que nous formions une fieffée paire de queutards.

Son rire gras, son rire de conne, qui nous excitait tant, s'éteignit donc du jour au lendemain. Nos plaisanteries à présent l'irritaient, la mettaient mal à l'aise. Le rire d'autrefois lui permettait de tenir à distance l'idée que nous pouvions peut-être l'avoir choisi pour cible. À présent, cette certitude vacillait. Et c'est contre elle-même qu'elle luttait, reportant sur nous l'agressivité qu'occasionnait en elle la friction de son désir profond et de son être social, tout en convenances et en rigidité.

Elle luttait avec l'énergie du désespoir, donnait les derniers coups de corne du taureau qui sent l'estocade proche. Tels deux matadors, échangeant la cape rose et jaune pour le rouge sang de la muleta, nous accentuâmes notre pression. C'étaient des regards, des mots plus durs, moins prévenants. Nous exploitions chaque occasion de lui faire sentir que nous la voulions, et qu'elle ne pourrait pas éternellement se défiler. Nous profitâmes plusieurs fois de l'étroitesse des rayons de la bibliothèque pour frotter nos queues à son énorme popotin. Elle fut bientôt aux abois.

Le jour où nous lui demandâmes – ou peut-être ce fut un ordre – de nous accompagner dans un obscur local à matériel, sous un imparable et studieux prétexte, elle ne fut pas en mesure de refuser. Nous la suivîmes à travers le dédale gris des couloirs de l'université, son gros cul et ses gros seins ballotant dans son ensemble bleu moche. Elle marchait la tête un peu rentrée dans les épaules, comme si elle craignait que quelque chose ne s'abatte sur elle. Mais elle marchait, résignée, du pas mal assuré du condamné. Ses deux bourreaux la suivaient, le sourire aux lèvres, fourbissant, astiquant mentalement leurs instruments.

À peine rentrés dans la pièce obscure, je me plaquai contre son dos, posant mes mains sur son opulente poitrine. Lucien, lui, la bâillonna de sa bouche, et le ballet de nos quatre mains la rendit en un clin d'œil à peu près folle. Nous la forçâmes à quatre pattes, la jupe relevée, la culotte aux genoux, les seins débordant de son corsage déboutonné. Je lui glissai ma pine entre les lèvres tandis que mon comparse promenait la sienne, comme un pinceau, sur le bourrelet renflé et largement fendu de son sexe. Lâchant un instant ma grosse friandise, nous l'entendîmes dire : « Baise-moi ! » Lucien ne se fit pas prier et se mit à la ramoner vigoureusement. Mon nœud dans sa bouche l'empêchait d'émettre autre chose que des bruits de gorge.

Quand Lucien l'eut remplie de son foutre, elle s'effondra à plat ventre, silencieuse. Je lui fis reprendre la position en appliquant quelques claques sur sa fesse en gélatine, qui tremblota divinement avant de s'orner de la cinglure rouge de mes cinq doigts. Lucien entreprit de se faire soigneusement nettoyer le gland à grand coups de langue cependant que je la pénétrais.

La large conasse n'offrait qu'une faible morsure à mon dard, moins développé que celui de Lucien. Assuré que j'étais de ne pouvoir trouver là mon plaisir, de ne pouvoir m'y vider, je me retirai et, écartant largement les fesses, y plongeai ma langue. Je sentis l'anus se contracter forte-

ment. Elle se mit à faire « non, non, non » d'une voix mourante, mais Lucien vint à la rescousse.

« Mais si ! » lui intima-t-il et, secouant sa forte pine un peu ramollie, il se mit à lui en frapper le visage, les yeux, le nez, la bouche, comme un CRS bienveillant matraquant en douceur une gamine têtue. Ma langue, de son côté, travaillait toujours dans le cul. Tantôt large et mouillante, tantôt dure et pointue, elle avait déjà livré passage à deux doigts.

Quand le trou du cul fut devenu un cratère parfaitement souple, j'y enfournai ma pine de toute sa longueur, en flexion sur les cuisses. Cette position assez sportive demande certes un peu d'entraînement mais procure des sensations très violentes, pour la raison qu'elle tord la pine vers le bas. Je me mis à battre le beurre, contemplant avec satisfactions dans la semi-pénombre mon piston de chair taraudant le fourreau culier, extrayant, par instants, un grumeau merdeux.

J'ai lu quelque part dans Sade que pour qu'une sodomie soit réussie, il convient que l'enculée ait « la plus formidable envie de chier qui se puisse concevoir ». C'était assurément le cas de Micheline dont la crotte noire dut apparaître un peu plus tard toute mêlée des filaments blanchâtres de mon foutre. Toujours prévenants, nous laissâmes à la dame un paquet de mouchoirs afin qu'elle se bouchonne, puis quittâmes bien vite le réduit pour aller fêter notre victoire dans un bar du campus.

PAUL VERLAINE

FEMMES. HOMBRES.

1903

En marge de son œuvre « officielle », Verlaine a écrit quelques poèmes érotiques, qui comptent parmi les meilleurs du genre. Les premiers parus furent six sonnets sous le titre Amies. *Publiés anonymement en 1867 et intégrés par la suite dans le recueil* Parallèlement, *ils sont incontestablement l'une des œuvres majeures de la poésie lesbienne française.*

Les deux autres recueils érotiques, Femmes *et* Hombres, *comportent trente poèmes ciselés par « le prince des poètes » à la plus grande gloire de l'amour physique. Les deux titres en disent assez l'orientation, attestant de la bisexualité de Verlaine.*

Le très célèbre Sonnet du trou du cul, *est dû conjointement (!) à Verlaine, qui écrivit les deux quatrains, et à Rimbaud, pour les deux tercets. Les deux poèmes suivants sont tirés, le premier de* Femmes, *le second de* Hombres. *(Ah, que n'apprend-on de telles poésies au collège !)*

Sonnet du trou du cul

Obscur et froncé comme un œillet violet
Il respire, humblement tapi parmi la mousse,
Humide encor d'amour qui suit la pente douce
Des fesses blanches jusqu'au bord de son ourlet.

Des filaments pareils à des larmes de lait
Ont pleuré, sous l'autan cruel qui les repousse,
À travers de petits cailloux de marne rousse
Pour s'en aller où la pente les appelait.

Ma bouche s'accouple souvent à sa ventouse
Mon âme, du coït matériel jalouse,
En fit son larmier fauve et son nid de sanglots.

C'est l'olive pâmée et la flûte câline
C'est le tube où descend la céleste praline
Chanaan féminin dans les moiteurs éclos.

Billet à Lily
1890

Ma petite compatriote,
M'est avis que veniez ce soir
Frapper à ma porte et me voir.
Ô la scandaleuse ribote
De gros baisers et de petits
Conforme à mes gros appétits ?
Mais les vôtres sont si mièvres ?
Primo je baiserai vos lèvres ;
Toutes, c'est mon cher entremets,
Et les manières que j'y mets,
Comme en tant de choses vécues,
Sont friandes et convaincues !
Vous passerez vos doigts jolis

Dans ma flave barbe d'apôtre,
Et je caresserai la vôtre.
Et sur votre gorge de lys,
Où mes ardeurs mettront des roses,
Je poserai ma bouche en feu.
Mes bras se piqueront au jeu,
Pâmés autour de bonnes choses
De dessous la taille et plus bas.
Puis mes mains, non sans fols combats
Avec vos mains mal courroucées
Flatteront de tendres fessées
Ce beau derrière qu'étreindra
Tout l'effort qui lors bandera
Ma gravité vers votre centre.
À mon tour je frappe. Ô dis : entre !

MONTE SUR MOI…
1891

Monte sur moi comme une femme
Que je baiserais en gamin.
Là, c'est cela, t'es à ta main ?
Tandis que mon vit t'entre, lame

Dans du beurre, du moins ainsi,
Je puis te baiser sur la bouche,
Te faire une langue farouche
Et cochonne, et si douce, aussi !

Je vois tes yeux auxquels je plonge
Les miens, jusqu'au fond de ton cœur,
D'où mon désir revient vainqueur
Dans une luxure de songe,

Je caresse le dos nerveux,
Les flancs ardents et frais, la nuque,

La double mignonne perruque
Des aisselles et des cheveux !

Ton cul à cheval sur mes cuisses
Les pénètre de son doux poids,
Pendant que s'ébat mon lourdois
Aux fins que tu te réjouisses.

ÉRIC VERNAC

LE CERCLE NOIR

1998

L'une des constantes du roman sadomasochiste, l'un de ses points forts en tout cas, c'est de situer l'action dans un club très secret, où une élite riche et dépravée se réunit afin de faire subir tous les sévices imaginables à des victimes réduites à leur entière merci.

Histoire d'O *ne fut certes pas le premier livre à exploiter ce thème, mais il a probablement ouvert la voie à beaucoup d'autres. L'ouvrage de Pauline Réage, on le prétend, aurait même donné des idées à certains : des clubs très spéciaux, qui s'en réclament, qui s'en seraient inspiré, où l'on oblige les filles à lire* Histoire d'O *comme une bible !... Ces clubs auraient, à leur tour, suscité des récits présentés comme vécus, tel le fameux* F.B. *de Xavière, paru en 1970. Ainsi, s'il est un domaine où entre la réalité et la fiction il n'y a guère de frontière, c'est bien celui du S.M.... tant il est vrai que l'imagination humaine est sans limite...*

Quoi qu'il en soit, (fictifs ou bien réels), les clubs S.M. se portent bien et suscitent une abondante littérature... et d'abondants fantasmes. L'existence effective de tels lieux ne faisant aucun doute, les romans qui les décrivent en sont d'autant plus crédibles et propres à enflammer l'imagination du

lecteur. Ainsi en est-il de ce Cercle noir, *où nous assistons à la descente aux enfers de Guillaume et de Charlotte, adorable petit couple d'une extrême soumission, qui va se retrouver prisonnier et soumis aux pires sévices, après une suite de mésaventures dans le meilleur folklore sadomaso.*

Ce livre a paru dans la collection Média 1000 en 1998. L'auteur ne nous est pas inconnu mais nous respecterons bien entendu son anonymat. Un aveu de paternité, d'ailleurs, n'ajouterait rien à la notoriété de cet écrivain très prolixe, notoriété assise dans bien d'autres domaines. (Quoique... nombre d'écrivains « sérieux » s'amusent volontiers à ce genre de bagatelles, semant habilement des indices pour être démasqués, mais démentant ensuite farouchement la paternité qu'un critique avisé leur imputera, secrètement ravis néanmoins des embarras de leurs futurs biographes. Voilà ce qui s'appelle soigner sa légende ! Ainsi firent Aragon et bien d'autres...)

Parce qu'à plusieurs reprises elle a craint d'en être victime, Charlotte a remarqué que, jusqu'à présent, les fantaisies anales lui ont été épargnées. Ce n'est assurément pas par bonté d'âme ! Elle comprend maintenant que cette réjouissance spéciale est programmée pour couronner la réunion du Cercle Noir.

Un coup sec sur sa laisse lui signifie de se rapprocher de Marc Werner.

— Ma petite Charlotte, il te reste un orifice que je n'ai pas encore visité. C'est donc moi qui vais l'étrenner ce soir !

Puisqu'il faut en passer par là, Charlotte est presque soulagée que ce soit Werner qui se charge de cette besogne. Avec lui, elle se sent comme ces otages qui finissent par apprécier leurs ravisseurs. Dans son for intérieur, elle doit avouer que sa verge, qu'elle a si souvent sucée, ne lui déplaît pas. Être sodomisée par elle sera un moindre mal.

D'ailleurs, Werner a une délicate attention : en sortant son engin, il le présente à Charlotte.

— Tiens, à toi de lubrifier ! Et plus tu y mets de salive, mieux ça passera.

Elle lui est reconnaissante de ce geste, engloutit ce gland qui lui est familier, et salive d'abondance. Après quoi, elle doit se retourner et s'accouder sur une table. De ses deux mains, Werner lui malaxe les fesses et les écarte. Quand elle sent le gland se presser dans sa raie, elle ne peut s'empêcher :

— Je vous en supplie, allez doucement, c'est la première fois.

— Quoi ! Ne me dis pas que ce petit con de Guillaume ne t'a jamais enculée ?

— Je vous jure que non, répond Charlotte, soudain les larmes aux yeux. Une fois il a essayé mais… j'ai eu peur… et il a renoncé.

— Pas possible ! éclate Werner avec un grand rire. Mesdames et messieurs, voici le dépucelage de la soirée.

Ravies, une douzaine de personnes s'attroupent, félicitant Werner de sa bonne fortune.

— Quelle aubaine ! fait l'un.

— Oui, réplique son voisin. De nos jours, déflorer une vierge !

— Attendez, les interrompt un troisième, qui tient un caméscope à la main. Il faut garder un souvenir d'un événement pareil.

Il fait d'abord un plan d'ensemble du groupe, puis contourne la table pour cadrer en gros plan le visage de Charlotte.

— Tu ferais mieux de filmer son cul, remarque une des filles.

— Non, on n'y voit pas grand-chose. Je préfère filmer ses expressions quand on l'encule. Je vous ferai des copies, si vous voulez.

— Très ingénieux, approuve le président Bouqueton qui passe par là. Cette enfant se souviendra longtemps de cette belle nuit.

Le policier croit devoir montrer qu'il est disposé à s'effacer :

— Monsieur le président… Si vous désirez officier…

— Non, mon cher. Allez-y, c'est de votre âge, et faites-la bien couiner !

Ainsi encouragé, Werner oriente sa queue et, la tenant à la main, la pointe vers la rosette plissée. D'un coup de reins, le gland enduit de salive pénètre le rectum, arrachant à Charlotte un petit cri aigu. Il la saisit alors par les hanches et, irrésistiblement, centimètre par centimètre, il l'empale. Sous l'objectif du caméscope, Charlotte grimace et gémit tandis que le commissaire, implacable, s'enfonce en elle.

— Joli ! Jusqu'à la garde ! constate un des spectateurs.

Charlotte a une telle sensation d'être transpercée par le fondement qu'elle n'ose bouger d'un centimètre, terrorisée à l'idée que le moindre mouvement de sa part ne provoque une déchirure intestinale. Mais elle ne peut espérer en être déjà quitte : lorsque Werner se met à remuer en elle, cela devient insoutenable. Elle est encore trop étroite et le va-et-vient du mâle dominateur distend dangereusement son sphincter anal. Le gland gonflé du policier, qui prend un visible plaisir à cette défloration, lui semble énorme, comme si on lui introduisait une balle de tennis. « Il va me tuer, je vais mourir » se répète-t-elle, imaginant qu'elle ne reverra jamais sa mère, son père… Plusieurs fois, elle crie quand, après un recul provisoire, il plante son membre à nouveau au plus profond. Inexorablement, le type au caméscope filme tout, ne perdant pas une mimique, ni un soupir ni un gémissement de Charlotte. Par un sursaut de dignité, elle s'efforce d'être la plus stoïque possible, mais comment ne pas flancher ? Elle cesse de se retenir quand Werner accélère le mouvement, sous l'empire de son excitation croissante.

— Elle est bonne ! Elle est trop bonne ! crie-t-il enfin en éjaculant dans les profondeurs rectales de la jeune fille.

Exclamations qui ont un effet prosélyte : Charlotte

réalise soudain que les hommes qui l'entourent ne sont pas seulement spectateurs, mais qu'ils attendent leur tour. De fait, dès que Werner se retire, un autre prend sa place et la pénètre d'un seul coup avec un trait d'esprit qui récolte rires et gloussements :

— Oh ! Tu m'excuseras, Charlotte, j'ai complètement oublié les préliminaires !

— No problem, rétorque Werner, elle est bien lubrifiée, maintenant, vous y entrez comme dans du beurre.

En effet, le reliquat gluant de son sperme facilite les allées et venues, le deuxième sodomisateur ne s'attarde pas, il jouit même plus rapidement que Werner. C'est le troisième qui la malmène davantage. Ce grand échalas a gardé une chemise blanche et un nœud papillon impeccable, mais abandonné tout le reste. Tout de suite, Charlotte se rend compte que le rythme n'est pas le même, que l'érection n'est pas constante. Elle est prête à s'en réjouir, mais, en réalité l'épreuve est plus pénible : ce personnage semble vexé de ses propres défaillances, et les attribue à la mauvaise volonté de Charlotte, lui enjoignant de « tortiller le cul », de « remuer comme une salope ». Pour s'exciter lui-même, il en vient à se pencher sur sa victime, pesant de tout son poids, pour attraper ses seins par-dessous et en tirer cruellement les bouts. La poitrine de la pauvre Charlotte a déjà subi tant de meurtrissures depuis quelques heures que ces sévices lui paraissent intolérables. Ses larmes coulent, ce qui ranime les forces de son violeur. Elle ne le sent pas jouir, mais il se retire, et un autre prend sa place : c'est le juge Bigler, dont la verge courte et trapue fait, dans l'anus de Charlotte, une douzaine de va-et-vient presque épileptiques avant d'y gicler avec un cri de victoire grotesque, aussi dérisoire que celui d'un joueur de flipper.

Plusieurs traînées visqueuses s'effilochent sur les cuisses de Charlotte, qui se demande ce qui lui est encore réservé, quand se fait entendre une voix bien connue, celle de Diane :

— Il n'y en a que pour les mecs, ici ! Qu'est-ce que c'est que ce sexisme ?

En tournant légèrement la tête, Charlotte voit que la fille du Président porte toujours, arrimé autour de sa taille, le godemiché démesuré avec lequel elle l'a fouaillée sur le podium. Une peur affreuse s'empare de la jeune fille : un engin de cette taille, jamais au grand jamais elle ne pourra l'accueillir en elle par la voie étroite. Or c'est apparemment l'intention de Diane Bouqueton, qui commence par lui insérer son index dans l'anus :

— Elle est devenue très praticable, dirait-on ! dit-elle en fourrant cet index dans la bouche de Charlotte pour le lui faire sucer.

— N'exagérons rien, fait Werner. Tu veux l'éventrer ou quoi ?

— Allons, allons, tu l'as bien possédée, pourquoi pas moi ?

Mais un nouveau coup de gong interrompt le débat, sauvant de justesse Charlotte, qui ne saura jamais si Diane a parlé sérieusement.

— Ah bon ? Je ne savais pas qu'il y avait une exécution ce soir, s'étonne Werner.

— Quel meilleur moyen de faire régner l'ordre et la discipline chez les esclaves ? rétorque Diane, à la fois sérieuse et désinvolte. Allons, amène vite celle-ci, qu'elle ait une bonne place.

DOMINIQUE VERSEAU

LES ESCLAVES DE L'ESPACE

1988

En 2107, l'astronef Torgar, au cours d'une mission d'exploration, est capturé par le cruel Valnhor, gouverneur sadique de la planète Rigel, à cinq cent quarante années-lumière de la Terre. Il y a à bord deux couples de Terriens – dont Yolanda, l'héroïne – et un couple Zolnarien. Leur séjour forcé sur cette planète ne sera qu'une suite d'orgies subies, de spectacles imposés d'effroyables tortures et de viols collectifs. Pour tenter de s'enfuir, ils réussiront à dérober un « générateur de rayonnement thermique » à Hulngar, un dignitaire Rigélien. Valnhor pardonnera à ce dernier mais, pour marquer le coup, l'humiliera en sodomisant sa femme (la sodomie, sur Rigel, étant considérée comme une punition, ce qui prouve bien que ce sont des barbares !). Quoi qu'il en soit, l'exercice sera d'autant plus pénible pour l'infortunée que, comme chacun sait, le sexe des Rigéliens mâles est pourvu de deux bourrelets annulaires…

Le gouverneur, qu'il fût dupe ou non, accepta cette explication et leva la main en signe d'absolution :

— Soit, Hulngar, je te pardonne car c'est bien la première fois que j'ai… failli éprouver de la colère à ton endroit. Maintenant, tu peux faire entrer ta femme…

Les Terriens et leurs amis Zolnariens comprirent alors que le dignitaire n'avait pas été convoqué seul mais avec Goulenga. Le châtiment éventuellement encouru par son époux aurait-il pu lui être appliqué, à elle aussi ? Ils étaient enclins à le croire de la part de ces êtres dépravés qui ne reculaient devant aucune barbarie.

Hulngar revint un instant plus tard avec Goulenga qui affichait un sourire déférent à l'endroit du Maître Suprême. Sans doute avait-il eu le temps de la rassurer sur son sort en lui apprenant le pardon dont il venait de bénéficier.

— Approche, belle Goulenga, fit le gouverneur en repoussant doucement Yolanda, son épouse et ses deux concubines. Si tu l'ignores encore, sache que j'ai admis la bonne foi de ton mari et qu'il ne subira donc aucune sanction. Cela ne mérite-t-il pas, de ta part, un témoignage de gratitude ?

La Rigélienne comprenait parfaitement le sens de cette question aussi, sans gêne aucune, retira-t-elle son bustier translucide, sa très courte tunique et sa culotte pour s'approcher, nue, en souriant. À quatre pattes sur le lit, elle s'avança entre les jambes du monarque et se mit en devoir de déposer un baiser sur son sexe avant d'enfourner le gland dans sa bouche. L'épouse de Valnhor, avec un rire silencieux mais sardonique, prit un petit pot de pommade onctueuse et, passant derrière Goulenga, elle en appliqua, avec le pouce, une couche entre les fesses de la Rigélienne qui, instinctivement, contracta son sphincter, inquiète soudain.

Valnhor, doucement, retira sa verge de la bouche qui le happait pour venir se mettre à genoux derrière sa partenaire, laquelle dut rester à quatre pattes sur le lit, maintenue courbée en avant par les deux concubines. Elle avait compris ce qui l'attendait et se mit à gémir, à supplier son maître de renoncer à son projet mais celui-ci, le membre

guidé par son épouse, se glissa entre ses fesses et, d'une poussée brusque, il l'enfonça de quelques centimètres dans l'orifice interdit de la patiente. Celle-ci hurla de douleur mais Valnhor, en riant, donna un nouveau coup de reins et, cette fois, le pénis pénétra jusqu'au premier bourrelet de chair, tirant de sa victime un nouveau cri de détresse. Hulngar s'efforçait de rester impassible mais une veine, en saillie sur la tempe, commençait à battre, témoignant de sa colère, de sa haine impuissante à s'opposer aux désirs du Maître Suprême. Celui-ci ne l'avait pas puni, non, mais il l'humiliait cruellement en sodomisant son épouse sous ses yeux ! Certes, dans cette société assoiffée de luxure, nul n'aurait trouvé anormal de voir sa femme s'accoupler avec un autre partenaire librement choisi, à plus forte raison si ledit partenaire se trouvait être Valnhor. Mais que celui-ci se livrât sur Goulenga (de surcroît en présence de ces étrangers), à ce coït anal, réservé aux esclaves que l'on veut mortifier, le faisait frémir de rage !

Goulenga, elle, frémissait aussi, mais de douleur ! Lorsque le premier bourrelet pénien distendit son anus, elle hurla derechef et tenta d'échapper à la pénétration, mais les deux concubines la repoussèrent en arrière et un cri rauque lui échappa quand ce fut au tour du second bourrelet de forcer la « porte étroite ». Le passage étant ouvert, Valnhor commença son va-et-vient rapide, insensible aux gémissements, aux supplications de sa victime. Pour la faire taire, l'épouse du gouverneur se glissa entre les concubines et, cuisses écartées de part et d'autre des joues de Goulenga, elle la prit par les cheveux et la força à avancer sa bouche dans sa fente largement ouverte. Malgré la souffrance de cet éperon brûlant qui lui fouillait ses entrailles, Goulenga dut se prêter aux désirs de sa maîtresse et plongea sa langue dans son orifice onctueux, la retirant pour mordiller son clitoris et la replongeant ensuite dans les replis humides.

Apitoyée, Yolanda s'approcha de Hulngar et, doucement, caressa son pubis à travers la tunique du dignitaire

qui essaya de sourire, sans grande conviction. Puis il tressaillit en entendant sa femme gémir et se tordre, non plus de douleur mais à présent de plaisir car elle venait d'atteindre l'orgasme. Valnhor resta en elle et la secoua violemment en éjaculant puis il s'effondra sur son dos, la forçant à se coucher à plat ventre sans abandonner la succion des organes de son épouse qui commençait à geindre elle aussi.

KONRAD VOLKER

ORGIES AU BUNKER

1975

Les dictatures sanglantes, les « horreurs de la guerre » et autres inquisitions dont l'Histoire n'a jamais été avare, sont autant de thèmes propres à fournir d'inépuisables romans sadiques. La dernière guerre, avec ses camps de concentration et ses interrogatoires de la Gestapo, a suscité une abondante littérature du genre. Le texte dont voici un extrait n'est pas moins médiocre que tant d'autres : il n'est qu'un exemple entre mille de ce type de production, donné ici à ce seul titre.

Ce livre parut en 1975 aux éditions Sibell'love (?). Il est plus que probable que son auteur, malgré le pseudonyme très germanique, n'est qu'un brave Français en proie à ses fantasmes ou simplement désireux d'arrondir ses fins de mois. Comme le note Jean-Jacques Pauvert à propos d'un livre du même tonneau : « Il y a beaucoup à parier que Karl-Otto Liebenfeld *[et Konrad Volker, donc]* s'appelait en réalité Martin ou Bigorneau »…

La femme offrait ses joues à l'immonde caresse, appréciant visiblement les mâles émanations qui lui polluaient

les narines. Elle ferma les yeux et émit quelques gémissements qui ressemblaient déjà à ceux d'un animal.

Sa langue pendait hors de sa bouche et elle tentait de lécher au passage la grosse queue, à peine débandée par son éjaculation et qu'il s'amusait à lui escamoter au ras des lèvres.

Elle gronda :

— Baiser ! Jouir !

On voit qu'elle n'en était déjà plus qu'à employer les mots essentiels pour exprimer sa pensée. Dürrer, terriblement excité par l'animalité sensuelle dégagée par cette femme, bégaya :

— Tu veux que je te la mette, c'est cela, hein ? Tu veux ma queue dans ta cramouille qui dégouline ! Saleté ! Chienne ! Ordure ! Pourrie ! Tu vas la sentir passer ! Et je ne me contenterai pas de t'enfiler, mais je te la foutrai dans le cul ! Tu m'entends ? gronda-t-il soudain. Je vais t'enculer !

La femme, écœurée par ce qu'elle faisait, se laissa tomber en avant, dans un bruit de ferraille et lança ses mains en arrière de façon à s'agripper les fesses.

Dürrer admira l'ingéniosité de Rosenthal qui avait conçu le carcan de manière à ce que les filles aient suffisamment de champ libre pour participer aux étreintes, sans pour cela avoir le loisir de se relever.

La femme s'écarta largement la croupe et offrit son anus qui, hors ce camp, n'avait jamais subi le moindre assaut. D'ailleurs, en ce temps-là, elle n'éprouvait pour les joies sexuelles qu'un lointain appétit, et il lui fallait alors tout un environnement spirituel pour parvenir à l'orgasme. C'était ce qu'il est convenu d'appeler une cérébrale.

Maintenant, il ne restait plus qu'une femelle en rut, prête à tout pour calmer les fleuves de feu que charriaient ses organes drogués. La piqûre annihilante qu'elle subissait chaque matin portait en elle un produit aphrodisiaque qui décuplait les besoins sexuels des « patientes ».

Dürrer, la pine redressée comme s'il n'avait pas joui la

minute précédente, lui cramponna les hanches et, avec une brutalité inouïe, il enfonça son panais monstrueux entre les fesses de la femme qui glapit. La douleur fut d'abord terrible et des larmes de douleur ruisselèrent sur le visage de la sodomisée. Puis, comme il la bourrait de coups de queue d'une violence folle, le plaisir finit par prendre la place de la douleur.

Elle serra même les fesses pour mieux éprouver la sensation atroce de la pénétration. Elle n'en revenait pas d'être arrivée à ce point de bassesse. Et sa honte n'eut plus de limite quand elle se surprit à se branler tandis qu'il l'enculait.

Dürrer s'écria :

— Ach ! Mein Gott ! Que c'est bon d'enculer ! Tu as un beau rectum, foutue juive ! Je te défonce le trou du cul ! Tiens ! Tiens encore ! Je vais te gicler mon foutre dans l'anus… Han ! C'est bon, et je sens que ça te plaît ! Vas-y, truie, masturbe-toi ! On va jouir ensemble ! Moi avec ma queue et toi avec tes doigts ! Que tu es dégueulasse, tout de même !

Une violente décharge noya l'anus de la prisonnière qui se tordit sous le propre orgasme qui lui inondait les doigts. Elle comprit, à cet instant précis, qu'elle venait de franchir une nouvelle barrière qui l'éloignait encore plus de la femme élégante et choyée qu'elle avait été.

Curieusement, elle n'en voulut pas à ses bourreaux. La fatalité de sa race lui parut la seule responsable et elle s'abandonna aux ondes lascives que la drogue faisait naviguer dans sa chair.

OSCAR WILDE

TELENY

1893

Publié pour la première fois à Londres en 1893, Teleny *fut édité en traduction française en 1934, à 300 exemplaires.*

Ce roman flamboyant, d'une agréable écriture, parut anonymement, comme bien d'autres à cette époque. Mais il ne fait aucun doute que sa paternité doit en être attribuée à Oscar Wilde, ce que de minutieuses enquêtes, d'innombrables recoupements avec ses œuvres avouées, ont démontré sans ambiguïté.

J'étais étendu sur des coussins qui m'élevaient à la hauteur de Teleny ; il mit ses jambes sur mes épaules et, écartant mes fesses, il commença de baiser, puis de lécher l'orifice médian, ce qui procurait un ineffable plaisir. Quand il eut ainsi bien préparé l'entrée en la lubrifiant de sa langue, il essaya d'y enfoncer la tête de son phallus. Vains efforts, elle ne pouvait pénétrer…

— Laisse-moi l'humecter, dis-je, il glissera plus aisément.

Je remis alors son membre dans ma bouche, le caressai de ma langue, le suçai presque jusqu'à la racine.

— Maintenant, dis-je, jouissons de ce plaisir que les dieux eux-mêmes n'ont pas dédaigné.

Du bout de mes doigts j'écartai les bords de cette fosse encore inexplorée et qui bâillait pour recevoir l'énorme instrument qui se présentait à l'entrée.

Une fois encore il y pressa son gland ; le bout pénétra mais le formidable champignon ne put passer outre, et la verge se trouva ainsi arrêtée dans sa carrière.

— J'ai peur de te faire mal, dit-il. Peut-être faut-il remettre cela à une autre fois ?

— Oh ! non, ce m'est un tel bonheur de sentir ton corps pénétrer dans le mien.

Il essaya encore, poussa doucement mais fermement ; les muscles de l'anus se relâchèrent : le gland fut enfin logé ; la peau se tendit tellement que quelques gouttes de sang tachèrent les bords ; mais le passage était forcé et le plaisir surpassa la douleur.

Teleny se trouvait emprisonné. Il ne pouvait ni enfoncer ni retirer son instrument ; quand il essayait de l'enfoncer davantage il lui semblait qu'il allait être circoncis. Il suspendit un moment son travail, et après m'avoir demandé s'il ne me blessait pas, sur ma réponse négative, il fit entrer le pénis d'un vigoureux coup de reins.

Le Rubicon était franchi ; la colonne commença à glisser ; il pouvait maintenant entreprendre l'agréable besogne. Le membre entier s'enfonça ; la douleur que j'endurais s'assoupit et le plaisir s'en accrut d'autant.

Le petit dieu s'agitait en moi, me chatouillait jusqu'au fin fond de l'être. Tout avait pénétré jusqu'à la racine. Je sentais ses poils se mêler aux miens, ses testicules se frotter gentiment à mes fesses.

En me retournant à demi, je voyais ses yeux si beaux plonger dans les miens. Oh ! les insondables prunelles ! Comme le ciel ou l'océan, elles reflétaient l'infini. Jamais je ne reverrai des yeux si plein de langueur et de brûlant amour. Ils avaient sur moi un pouvoir mesmérique ; ils m'enlevaient ma raison, plus encore, ils changeaient en

délices une douleur aiguë.

J'étais plongé dans une douleur extatique ; tous mes nerfs se contractaient, tandis que lui, dans son excès de jouissance, se tordait et grinçait des dents ; il ne pouvait en supporter davantage ; ses bras se cramponnaient à mes épaules ; il labourait ma chair de ses ongles ; il essayait de se mouvoir, mais sa verge était si serrée qu'il lui était impossible de pousser plus loin. Ses forces l'abandonnaient, il tenait à peine sur ses jambes.

Comme il essayait de donner un autre coup, je serrai sa verge de toute la force de mes muscles, et un violent jet, semblable à un chaud geyser, s'échappa, m'inondant et me brûlant comme un corrosif, mettant mon sang en feu, le transmutant en une sorte d'ardent alcool. Sa respiration était haletante, convulsive ; il suffoquait, anéanti.

— Je meurs, murmura-t-il, c'est trop…

Et il tomba évanoui dans mes bras.

GABRIELLE WITTKOP

LE NÉCROPHILE

1972

Jamais Éros et Thanatos ne furent autant célébrés, exaltés, magnifiés, que dans l'œuvre sulfureuse de Gabrielle Wittkop.

Cet écrivain, décédée en 2002, à l'âge de 82 ans (« je meurs comme j'ai vécu, en homme libre » *a-t-elle dit peu de temps avant de se suicider), laisse une œuvre peu abondante mais profondément originale, et qui porte l'empreinte de sa fascination pour la mort et son corollaire, l'amour.*

Elle en célèbre dans toutes ses œuvres les manifestations et les excès, que ce soit l'inceste, la pédophilie, la nécrophilie. Mais, des trois, le dernier est probablement l'ultime transgression, le « contre nature » absolu.

Une étude de Jean-Louis Degaudenzi (coauteur avec Roland Villeneuve du Musée des Vampires*) sur la nécrophilie suit le roman de Gabrielle Wittkop. Elle éclaire cette dualité des rapports subtils entre la mort et le désir sexuel, l'étrange attirance de certains pour les funérailles, et l'émoi érotique qu'elles leur inspirent.*

Est-ce une monstruosité, une simple perversité ? Ne s'agit-il pas en définitive que d'un nécessaire exorcisme, d'une réaction très humaine : le corps, la vie, la nature, se révoltent,

se cabrent, se mobilisent contre l'idée de l'anéantissement ; invitent à l'amour, à la vie.

Mais autre chose est la nécrophilie, où cette communion de l'amour et de la mort devient alors pathologique, morbide, aberrante.

Et que dire lorsque la nécrophilie se double de sodomie, et de pédophilie par-dessus le marché, comme dans l'extrait ci-dessous ! Trois actes contrenature en même temps, trois des transgressions les plus criminelles. Car Lucien – le personnage du livre de Wittkop – se passionne sans distinction pour tous les cadavres, du petit garçon à la vieille dame. Ainsi le verra-t-on prodiguer ses caresses et ses soins à une petite fille, une concierge âgée, un garçon de six ans, un robuste boulanger, une jeune mère, puis un adolescent de quinze, puis, enfin, aboutissement de tous ses fantasmes, un couple formé de deux jeunes frère et sœur dont il dérobera les cadavres pour les unir ensuite dans un étrange mariage posthume.

Hélas, ces passions sont forcément brèves, et Lucien n'en peut jouir que quelques jours, avant de jeter à la Seine ses « amours décomposées ».

Henri n'a que six ans, et Julien devra patienter plusieurs jours avant d'en pouvoir pénétrer la « chair attendrie »…

3 août 19..

Henri, mort de la scarlatine à l'âge de six ans – mais je n'attrape jamais la moindre maladie – est un brave petit bonhomme. Il a un vrai corps pour jouer avec, pour jouir avec, encore que jeux et jouissances doivent se dérouler sur les surfaces externes. Cet enfant est si étroit qu'il m'a fallu renoncer à des délices plus profondes, sous peine de nous blesser tous deux. C'est en vain que j'ai tenté les diverses techniques dont j'avais eu la naïveté de croire certaines infaillibles. Mais, tel qu'il est, Henri est succulent. L'intérieur de ses cuisses, légèrement concave, permet l'union presque parfaite. Comme il est malheureusement déjà très avancé, je sais ne pas pouvoir garder cet enfant

bien longtemps. Aussi je ne l'épargne guère, n'hésitant pas aux ébats qui pourtant, hélas, je le sais, précipitent sa déchéance. Ses chairs s'amollissent d'heure en heure, son ventre verdit, s'effondre, grouille de flatulences mauvaises qui crèvent en énormes bulles dans l'eau du bain. Bien pis : son visage se renfrogne et devient étranger à lui-même ; je ne reconnais plus mon petit Henri.

7 août 19..

Hier soir, j'ai pris congé d'Henri dont l'odeur devenait intolérable. J'avais préparé un bain fortement parfumé, afin de pouvoir encore presser sur le mien le petit corps déliquescent. Henri m'a fait une surprise car les morts sont plein d'imprévus – je pense aux seins de Marie-Jeanne, je pense à d'autres encore. Il m'a enfin permis de pénétrer dans sa chair attendrie comme une cire fondante : sa façon d'adoucir nos adieux. Je l'ai séché dans un drap de bain, je lui ai remis le petit pyjama de finette rose qu'il portait en arrivant, j'ai lissé ses franges brunes que l'eau du bain faisait paraître presque noires. Dans la voiture, je l'avais assis près de moi, le soutenant d'une main, conduisant de l'autre. Je roulais lentement, je n'étais pas pressé d'arriver. Comme toujours en pareil cas, j'avais le cœur lourd. « Non, pas encore », me répétais-je. J'ai traversé la Seine à Saint-Cloud mais c'est seulement à hauteur de Maison-Laffitte que j'ai eu le courage nécessaire. Je suis revenu à Paris, dans le long cortège des camions de maraîchers, l'odeur des herbes écrasées, les coups de klaxon, les lueurs des phares. J'ai vu dans le rétroviseur mon visage inondé de larmes.

TABLE DES MATIÈRES
ET DES COPYRIGHTS

35 Bataille Georges. *Histoire de l'œil*
1928
© Pauvert, département de la Librairie Arthème Fayard, 1969

37 Bégeay Sabine. *Le Club de la Sublime Bougie*
1991
Tous droits réservés

43 Belloc Denis. *Néons*
1987
Tous droits réservés

45 Belot Adolphe. *Les Stations de l'amour*
1856
© La Musardine

51 Bentley Toni. *Ma reddition*
2004
© Maren Sell Éditeurs, 2006, pour la traduction française

59 Berry André. *Les Expériences amoureuses*
1949
© Éditions de La Table Ronde, 1963

63 Bley Nicole. *La Panthère bleue*
1971
Tous droits réservés

67 Bousquet Joë. *Le Cahier noir*
1989
© Albin Michel

71 Brunoy Clément. *Salyne*
1969
© Éditions du Cercle, 2008

75 Bruyère Jean. *Roger ou les À-côtés de l'ombrelle*
1926
© La Musardine

77 Cellard Jacques. *Flora la belle Romaine*
1985
© Madame Cellard

79 Cholodenko Marc. *Histoire de Vivant Lanon*
1985
© P.O.L.

83 Deforges Régine. *Contes pervers*
1980
© Librairie Arthème Fayard

87 Desnos Robert. *La Liberté ou l'Amour*
1927
© Éditions Gallimard

89 Dessert Fellacia. *La Première Gorgée de sperme : c'est quand même autre chose*
1998
© Éditions Blanche

91 Dunan Renée. *Colette, ou les Amusements de bon ton*
1936
© La Musardine

99 Duverger Simone. *Les Amants raffinés*
Vers 1950
Tous droits réservés

107 Duvert Tony. *Paysage de fantaisie*
1973
© Éditions de Minuit

109 Duvert Tony. *Le Voyageur*
1970
© Éditions de Minuit

111 Englebert Jean (d'). *Viols de petites filles*
s.l.n.d.
Tous droits réservés

115 Esparbec. *La Pharmacienne*
2003
© La Musardine

121 Forberg Friedrich-Karl. *Manuel d'érotologie* classique
1882
© La Musardine

127 Gautier Théophile. *Lettres à la Présidente*
1850

131 Genet Jean. *Notre-Dame-des-Fleurs*
1944
© Éditions Gallimard, 1998

135 Genet Jean. *Pompes funèbres*
1947
© Éditions Gallimard, 1978

137 Grandes Almudena. *Les Vies de Loulou*
1990
© Éditions Albin Michel

139 Jouhandeau Marcel. *Tirésias*
1954
© Éditions Arléa, 1988

141 Jourdan Éric. *Les Mauvais Anges*
1955
© La Musardine, 2001

145 L. B. *Pédérastie passive ou Mémoires d'un enculé*
1911
Tous droits réservés

151 Louÿs Pierre. *Trois Filles de leur mère*
1926
© La Musardine

157 Louÿs Pierre. *Manuel de civilité pour les petites filles à l'usage des maisons d'éducation*
1926
© La Musardine

161 Lynn Gina. *Par l'entrée des artistes*
1997
© Le Cercle

165 Matthieu Jean-Luc. *Vit de Jésus*
2000
© Jean-Luc Matthieu

169 Mirabeau. *Le Rideau levé, ou l'Éducation de Laure*
1786

175 Musset Alfred (de). *Gamiani*
1833
© La Musardine

177 Mutzenbacher Josefine. *Histoire d'une fille de Vienne racontée par elle-même*
1906

181 Peyrefitte Roger. *Roy*
1979
© Éditions Albin Michel

187 Philippe Cécile. *Petites Histoires horizontales*
1985
© Éditions Pré aux Clercs, un département de Place des éditeurs

189 Pigault-Lebrun. *L'Enfant du bordel*
1800
© La Musardine

193 Pont-Aven Delphine. *La Chaise éclectique*
1976
Tous droits réservés

197 Pyerre Jacques. *Les Embrassades*
1969
Tous droits réservés

201 Rabeau Pierre. *Les Confessions d'un cagot ou les Errements d'un enfant pervers*
1976
Tous droits réservés

205 Réage Pauline. *Histoire d'O*
1954
© Librairie Arthème Fayard

209 Restif de la Bretonne Nicolas Edme. *L'Anti-Justine*
1798
© La Musardine

213 Reyes Alina. *Derrière la porte*
1994
© Éditions Robert Laffont

217 Rocco & Antonia. *Si les porcs avaient des ailes*
1977
© Éditions Stock

223 Sade D.A.F. (Marquis de). *Les 120 journées de Sodome*
1785

227 Saint-Ange Hélène. *Le Dressage des oies blanches*
1962
Tous droits réservés

231 Saint-Pavin Denys Sanguin (de). *Sonnets*
Vers 1650.

233 Serguine Jacques. *Délit du corps*
1998
© Éditions Blanche

237 Serguine Jacques. *Cruelle Zélande*
1979
© La Musardine

241 T. Stéphane. *Traité du boudin*
1997
Tous droits réservés

247 Verlaine Paul. *Femmes. Hombres*
1903

251 Vernac Éric. *Le Cercle noir*
1998
© Média 1000

257 Verseau Dominique. *Les Esclaves de l'espace*
1988
Tous droits réservés

261 Volkert Konrad. *Orgies au bunker*
1975
Tous droits réservés

265 Wilde Oscar. *Teleny*
1893
© La Musardine

269 Wittkop Gabrielle. *Le Nécrophile*
1972
Tous droits réservés

Achevé d'imprimer sur rotative par l'Imprimerie Darantiere
à Dijon-Quetigny en avril 2009

Dépôt légal : avril 2009
N° d'impression : 29-0654

Imprimé en France

Nous remercions les auteurs, les éditeurs et les ayants droit
qui nous ont autorisé, aux conditions d'usage,
à reproduire les textes dont ils étaient propriétaires.
Nous remercions tout particulièrement
ceux qui l'ont fait gracieusement.
Nous prions ceux que nous n'avons pu joindre,
malgré tous nos efforts, de bien vouloir nous en excuser,
et nous serions heureux qu'ils se fassent connaître.